U0672213

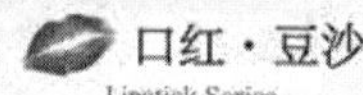

夏婳 著

一路狂奔

YILU KUANGBEN

在云南，在广东，在纽约

百花洲文艺出版社
BAIHUAZHOU LITERATURE AND ART PRESS

图书在版编目（CIP）数据

一路狂奔 / 夏婳著. -- 南昌：百花洲文艺出版社，2019.8（2021.9重印）
ISBN 978-7-5500-3338-2

Ⅰ. ①一… Ⅱ. ①夏… Ⅲ. ①长篇小说 - 中国 - 当代
Ⅳ. ①I247.5

中国版本图书馆CIP数据核字（2019）第157669号

一路狂奔

夏婳 著

出 版 人　章华荣
责任编辑　蔡央扬　郝玮刚　张兆磊
书籍设计　彭　威
制　　作　何　丹
出版发行　百花洲文艺出版社
社　　址　南昌市红谷滩新区世贸路898号博能中心一期A座20楼
邮　　编　330038
经　　销　全国新华书店
印　　刷　南昌市红星印刷有限公司
开　　本　720mm×1000mm　1/32　　印张　8.5
版　　次　2019年9月第1版第1次印刷
　　　　　2021年9月第1版第3次印刷
字　　数　172千字
书　　号　ISBN 978-7-5500-3338-2
定　　价　29.80元

赣版权登字　05—2019—181
版权所有，盗版必究

邮购联系　0791—86895108
网址　http://www.bhzwy.com
图书若有印装错误，影响阅读，可向承印厂联系调换。

自序：给那场散了的青春留片剪影

青春到底是什么？到青春消失得无影无踪，岁月在脸上心上刻下了无法抹去的痕迹，我都没有搞明白。仿佛一出心仪的预计自己会当主角的舞台剧，精心准备和排练了，却没来得及演出，大幕已落下，观众已离去，那些悸动和狂热，那些无奈和挣扎再有不甘也只能退居幕后，惆怅……

而对青春的记忆却挥之不去，犹如海浪狂烈拍打过的沙滩留下的痕迹，有五彩缤纷的贝壳，有粗粝的沙石，每一块摩挲起来感受都不尽相同。青春恰似一盘棋，相同的开局，不同的人怎么下都是不同的格局。但却似乎无人做得到落子无悔，谁的年少轻狂里都或多或少或深或浅有些无法更改的遗憾。

作家史铁生说：“有些事只适合收藏。不能说，也不能想，却又不能忘。它们不能变成语言，它们无法变成语言，一旦变成语言就不再是它们了。它们是一片朦胧的温馨与寂寥，是一片成熟的希望与绝望，它们的领地只有两处，心与坟墓。”

按我的理解，这句话里的那些事大都发生在青春岁月里，收藏在各人心底最深处，即便蒙尘也不会褪色和逝去。同时我不觉得它们的领地只有两处，应该还有一处的，就是变成文字，不需要激情澎湃，也不要美化渲染装饰，只是平实地记载和诉说，那些真实的笑，哭，痛，欢喜还有悲伤……

史铁生也说：“就命运而言，休论公道！”始终认为我们出生于20世纪70年代的那一辈是幸运的，生活在裂变的时代里，看到了我们父母辈无法想象的景象，有过山车一般的经历，南下打工创业，留学出国定居等等。曾经只存在于梦中的物质丰裕的生活我们也触手可及，可我们也是悲哀的，因为对于该如何面对和接受裂变的世界，我们只有独自去摸索，没有模板可仿循，跌跌撞撞自然也无法避免。

人生是单轨列车，只有出发，没有回头，不管怎么努力，去做可以重来的梦都是无法实现的。可是“若无梦，夜的眼睛就要瞎了！”所以在那些寂寂的夜，我把那些曾经来来往往的人和事梳理串联演变成文字，虽然青春留不住，虽然岁月难回首，但总有一些是磨不灭可以留下的。那些留下的会在清冷的月夜里泛着温暖的光，这光可以陪伴以后日子里的忧伤……

记得写这本书简介时，我发现人物很多，故事似乎很曲折。其实不尽然，书里穿梭的人和事在那个年代应该是似曾相识的，我只是从书中女主人公苏林玲的角度拍了一些剪影，圈进了她和她周围人的爱情友情亲情，以及他们的喜怒哀乐。

那些模糊而又真实的相片里或者会有人们熟悉的色彩，或者会令人产生共鸣和遐思，也或者是令人觉得不可以思议的天方夜谭……

这些似乎都不重要，重要的是不管什么时代和怎样的经历，对生活，我们都有共同的热爱，对青春，我们都有共同的期待，即便我们分别处于青春散场和开场的年纪，即便我们各自的剪影从不雷同，但我们都曾经来过，一起绚烂了世界，世界因为我们而变得纷繁……

夏婳

2019年1月于夏洛特

第1章

苏林玲心底一边骂娘，一边骂纽约州政府，他妈的收的税都跑到哪里去了？这495高速公路每天早上堵得都快成菜市场了，也没想着翻修扩展一下。她昨天晚上因为倒时差，翻来覆去，一整夜没有睡好，早上起床倒也没晚，只是伺候了一下新烫的头发，比平常迟十分钟出门，就赶上堵车大潮。终于看到有车开始挪动，可偏偏自己前面的车却视而不见，纹丝不动，气得苏林玲直按喇叭。

苏林玲浑身是火，却不知应该向谁发。平时从中国出差回来，一般她都会休息一两天再去上班，头也从来没有说过什么，这次不知道为什么却写个邮件告诉她今天一定要到公司。

比平常晚了足足一小时，苏林玲终于急匆匆地赶到办公室，同事已经基本到齐，她一边打着招呼，一边朝座位走去。却寻不见自己的办公桌，扫视一下周围，桌子和隔栏应该有重新摆放过，所以根本看不出她的办公桌存在过的痕迹。她有些发蒙，今天离愚人节没有百天至少也有个把月，不带这么提前过的吧！她转头问同事桑蒂。

“你是领导，我的办公桌不见问你才是，你的办公桌不见怎么问我？”桑蒂回答得有些阴阳怪调。

苏林玲被噎得无话可说，瞪了桑蒂一眼，转身走向老板的办公室，老板迈克是犹太人，长得慈眉善目的，和圣诞老人一个样。

老头看到她，笑得很开心：“中国之行怎样？时差倒过来了吗？”

苏林玲莫名其妙：我是神啊可以将时差玩弄于股掌之间？！但她一心想着办公桌，急急地问：“挺好，挺好，我的……”

老头打断她：“好，那把详细的市场报告给我看看。”

“我马上拿过来，等一下，你知道我的办公桌去了哪里？”苏林玲有些奇怪老头今天的反常，把话题又扯了回去。

“你的办公桌？”老头顿了一下，“你是知道的，玲，现在满世界经济危机，我们公司虽然业绩还在增长，但还是要紧缩开支，防患于未然！所以公司将会有一些人事上的变动。”老头似乎故意说得有些迟疑，中间停顿了好几次。

苏林玲的脑袋“轰”的一下炸了，倏地明白：原来一定要我今天上班就是为了裁掉我！这个死老头，实在是太过分，真是杀人不见血。但她的年纪和阅历已不容许她将这些摆在脸上。老头说完紧盯着她看了一会儿，见她没有反应，有些扫兴似的，悻悻然地站了起来：“跟我来。”

苏林玲默不作声地跟着，心里直盘算，如果自己走人，会得到公司多少赔偿，至少要一年的工资吧，给得太对不起了就去劳工部告，她让自己横下心来。

迈克把她带到公司的杂物间门口，回头笑呵呵的：“准备好了吗？开门！”

苏林玲看着老头的笑脸，有些惶惑，准备什么？她迟疑地推开了房门。

“生日快乐！生日快乐！”几乎全公司人的都出现在她眼前，有人洒了她一身的彩纸屑。

杂物间显然给装饰过，苏林玲的办公桌摆在中间，上面有一个巨大的生日蛋糕和一束鲜花以及一些包装好的礼物，彩色的氢气球满屋子飘着。苏林玲有些不好意思，忙得根本记不得自己的生日，看来自己是以小人之心度君子之腹，只是一个生日惊喜有必要让我提前上班，兴师动众地挪动办公桌，一惊一乍还吓我一下？还不如给几天假期更开心，这老外的思维和中国人的就是不一样。

“拆一下你的生日礼物吧！”迈克递过来一个红色的信封。

不就是一张破卡吗？对于迈克的作风，作为在公司工作了十几年的老员工，苏林玲实在是太了解，这抠得像葛朗台的老头从来不会乱花一分钱。信封里面的确是一张贺卡，但是却夹了一张名片。上面赫然印着：向日莲服装公司中国市场总监苏林玲。

苏林玲有点晕，老头依然笑呵呵的：“惊喜吗？从今天开始你就是中国市场的总监，这就是你的新办公室。”

苏林玲一直等闹哄哄的大家吃完蛋糕散去，还没有反应过来。她都不知道自己是否礼节性地说了“谢谢”。只记得大家轮流和她拥抱祝贺把她弄得气都喘不过来。等她终于独自一人在属于自己的办公室时，她的感觉越发不真实起来，做梦一样，不惑之年的她第一次拥有单独的办公室。苏林玲跑到自己的位置坐了一会，又换到客人坐的沙发上躺下，她的心却怎么也安定不下来……

有的人就是幸运，经常得到上帝的眷顾。苏林玲就是其中一个。她当初来敲这家公司的门的时候，社区大学会计专业还没有毕业。那时他们刚拿到绿卡，苏林玲特激动，终于可以找合法的工作，不用猫在暗无天日的餐馆里，简直就是人生质的飞跃。老公简天明在一旁泼冷水：“人家名校毕业的找工作还要一段时间，你还是老老实实地读完你的社区大学吧。”

苏林玲没有搭理他，按照自己的想法去实施。那时刚过911不久，很多人的工作形势很严峻，她想申请的职位很多，但人家的要求她一个也没有达到，简历都不需要发，看着看着找下去的勇气都没有了。

苏林玲沉沦了几天，终于又想出一个笨办法，一家一家公司去问，她的目标是不管什么工作，前台接电话的，后面复印打杂的，只要让她进去就行。简天明说如果这样，干脆去沃尔玛当个收银员。苏林玲没好气地答：“你怎么不介绍我去你们学校饭堂卖饭？”

苏林玲把家周围三十分钟车程内的公司全问了个遍，其中的辛苦，难以言喻。吃干面包，喝矿泉水，看别人脸色，受拒绝不说，还经常兜错路，瞎转好久才出来，还有一回车坏在路上，幸好旁边有家修车行，花了整整一千美金，回到家给简天明狠狠地批评了一顿。

苏林玲受伤归受伤，就是不服这口气，不就是花点油钱吗？找到工作不就回来了？修车是花了钱，可不去找工难道车就不坏？她每天送完简天明上班之后依然开着破车到处乱跑。只是她住的地方已经是纽约长岛的乡下，周围也没有什么大公司。

那天苏林玲跑了近一个小时，看到一栋办公楼。她一口气把这栋楼一至三层的公司全逛遍，结果没有意外依然一无所获。最客气就是让她留下简历，苏林玲想着把四楼最后一家问完再下去吃东西休息。推开公司的门，前台的座位上是空的，可能吃午饭去了。墙角有个沙发，苏林玲想坐下等。也不知过了多久，她快睡着的时候，突然听到有人问话：“我可以帮到你吗？”

苏林玲迷迷糊糊抬眼一看，是个眉目和善的老头，赶紧站起来结结巴巴地说：“我，我，只是想知道你们公司现在需要人手吗？”

简天明听苏林玲说那老头看了下她的简历，就说让她下月来上班，年薪四万，觉得她疯了。怎么可能人家会请一个未毕业的社区大学生？而且年薪四万，要知道自己堂堂正正的生物博士熬了几年不过才拿趋近五万美金的数字。

苏林玲拿出迈克老头的名片做证明，简天明仍然将信将疑，不过坚持认为薪水是一万四，而不是四万："人家是说'十四千'，而不是'四十千'，你听力这么差，当时又那么激动，肯定听错。"

苏林玲觉得简天明分析得有道理，不过一万四工资也太低，扣完税估计还赶不上在餐馆打工。不过好歹人家让自己坐上办公桌，万里长征的第一步跨出去，苦难结束的时候就指日可待！苏林玲的心理素质自小就比一般人强大。等聘用合同寄到家里，她没心思研究那厚厚的一叠说了什么，就只盯着薪水那一栏看，确定无数次真是四万后，她给简天明打电话。

简天明半天才回答："现在来接我下班，把合同带上。"

那一晚是他们来美国以后第一次去吃自助的晚餐，因为晚餐价钱比午餐贵几块美金。出国几年来，他们一直是有特别庆祝事情的时候，挑个周六的中午才去吃。也是第一次买红酒，至今，苏林玲仍然清楚地记得那支红酒的价钱：九块九毛九。

第2章

简天明对苏林玲说：“你也升得太快，都赶上火箭的速度了。这中国市场总监，你做得了吗？”

“这也是我最最担心的。”苏林玲幽幽地说，“我根本不看好我们的产品在中国卖，一是名气不够响，二是两地审美也不同，还有这销售方式两国差别这么大……”

简天明没等她说完，就站起身去收拾碗筷，苏林玲暗暗地叹了一口气。对于简天明，她不能再要求过多，一个生物学博士，不可能在她的工作上有任何实质的建议和帮助。简天明其实已经做得很好，下班带孩子做家务。她出差回中国，经常一走几个星期，简天明拖着两个年幼的孩子，从来没有抱怨过。虽然苏林玲觉得简天明最看重的是她的薪水。她的薪水让他们家挤入了中产阶级，她的薪水让他们的房子买在高尚住宅区，她的薪水让简天明在家人和朋友面前头抬得特别高。

曾经简天明总是闹不明白，别人做会计一个月忙也就几天，可苏林玲做会计却似乎从来没有清闲过。刚开始她说熟悉公司业务，后来她说整理以前的账务。再后来她说要想办法，实现利润最大化，简天明天天对着小白鼠，对这些话语感到新奇而陌生："那不是老板考虑的事情吗？"

期待苏林玲的进一步解释，她头一低，扔下一句："说了你也不明白。"简天明给噎得满脸通红，有些恼羞成怒："你是想说我燕雀不知鸿鹄之志？"

苏林玲被他逗乐："我的志不是你的志？不就是买房子安定下来？"

那时一提到房子，简天明就失语。他们的收入加起来也只勉强挤入六位数。但是离买房还远着，首期没有着落不说，长岛好学区的房子就算供得下来，那一年一两万的地税也会令他们被扒掉一层皮。他学校来美国好多年没有买房的难兄难弟比比皆是。而他们夫妻俩短短数年里却拥有了带游泳池的豪宅，苏林玲的确是功不可没的。

看到简天明端出生日蛋糕，招呼孩子们来唱生日歌。苏林玲心底对自己说：十几年的夫妻，还记得买生日蛋糕，知足吧！

女儿贝贝奶声奶气地问："妈妈，你几岁了？"

"妈妈四十了。"

"那是不是要点四十根蜡烛？"

"不用那么多，我们点四根就好了，一根代表十岁，好不好？"苏林玲顺手在贝贝的鼻子上抹了点奶油。

“我要这块巧克力多一点的。”儿子宝宝已经等不及。

孩子总是简单的，要孩子快乐也容易，一块蛋糕他们就很满足。年龄渐长的苏林玲开始慢慢懂得要像孩子那样去看待生活，也明白凡事不可操之过急，放慢脚步悠着来，过好今天再说。正如有首歌唱道：“明天的寂寞明天再去躲……”

苏林玲刚进公司时，迈克也没有给她设立什么明确的职位名称，让她跟着公司的会计桑蒂打下手。桑蒂也是中国人，是公司元老级人物，公司每个人的八卦她全知道。她老公是哥伦比亚大学的博士，在华尔街赚着大钱，她无时不刻地提醒人们，她来上班只不过是打发闲暇时间，赚点小钱买花戴，跟你们这些为生活而奔波的人不属同一阶层和档次。

在桑蒂眼里，苏林玲上不了台面，无论是学历出身还是穿着打扮，她压根不屑于和这类人说话。可是这走了狗屎运的苏林玲却偏偏给老板分进了她的部门。刚开始她逮尽一切机会给苏林玲小鞋和难题，让这乳臭未干的小姑娘尝尝生活真正的味道。桑蒂对苏林玲的态度，傻子也看得明白，但是在人屋檐下，不得不低头。苏林玲从不计较，一口一个“桑蒂姐”，隔三岔五地买咖啡，或是请吃午饭。桑蒂本来就无心在职场上与人争高低，苏林玲又这么乖巧讨喜，慢慢地态度也好很多，只是苏林玲被狗屎运一次又一次撞击时，她心里的不平衡也会时不时发作一下。

别看苏林玲读书不行，托福考了四次才过，但这并不妨碍她在工作上很出色。苏林玲花了几个月熟悉公司的运作流程，再花几个月把公司几年的烂账全给理顺。

公司本来不大，账目也很清晰，但是自前些年把生产基地转到中国，就开始有些乱套，本来两地做账就有些不同。再加上桑蒂是本着来玩的心态，自然不会花太多的心思在工作上，日积月累，桑蒂其实都没有办法理得清头绪。

老板迈克对这些不是不知道，不过他的重点心思也不是在这里，人家本是股票基金上赚大钱的主。物业也有好多栋，办公室这栋楼也是他的。只是到了知天命的年龄，他决定开始做些实业。因为认识桑蒂的老公，所以桑蒂很自然地进了公司。一开始他对桑蒂的工作还挺满意。可是随着公司的壮大，尤其是中国生产基地成立以后，迈克觉得他需要一个更强有力的人来替他打理财务，而且最好是中国人，这样才可以很好地控制和管理中国生产基地那边。

生产那边没有任何销售，所以也没有收入，所有的开支全部要从这边拨过去。那边的头就巧立名目地要钱，因为语言和文化的不同，迈克也搞不清到底是不是真的需要，每次问桑蒂，她都说肯定要。只要公司还一直有盈利，迈克对中国基地那边就睁一只眼闭一只眼。反正自己也没有花太多时间和精力在这上面。见到苏林玲的一刻，迈克觉得自己找到了期待中的人。苏林玲的眼底有股说不出来的狠劲，凭迈克多年看人的经验，他知道这个子娇小的女人将来一定不会让他失望。

事实上苏林玲不仅是没有让迈克失望，确切地说是让他喜出望外。理顺了公司的账之后，苏林玲也彻底在公司站稳了脚跟，迈克马上把薪水给涨到五万。桑蒂对她的不满似乎有增无减，但是态度却并不敢像以前那么张扬。苏林玲表面上如以前一样没有丝毫的变化，但事实上从那一日起，她们从职位上来讲就都是公司的会计了。公司所有做好的账都需附上她们两个的签名。

桑蒂觉得苏林玲是个非常识趣的人，似乎在拍着全公司的人的马屁，用星巴克的咖啡、糕点轮流请全公司的客。她心底感叹：这孩子，为了留下来，虽然不能说机关算尽，但也算费尽心思。这生活在社会底层的人也真可怜。桑蒂在不自觉中又把自己拔高一个档次，用俯视的眼光去看苏林玲，使她对苏林玲的感受在嫉恨中加了很多同情分，也因此多一些宽容，她甚至会站在苏林玲的位置去想一想。

苏林玲转正加薪之后，对同事依然出手大方，和那些刚来美国的新移民仿如天上地下。桑蒂更加奇怪，实在忍不住好心良言相劝：“你有那个钱，给自己买两件像样的衣服和包包，那个蔻驰的牌子也算名牌，去厂家直销店买，打折的也就一百多。”苏林玲对建议是照单全收，却没有丝毫行动，每天还是穿着从国内扛过来的若干年前的、桑蒂眼里是古董的衣服。背着大约十美金就可以买到的包，淡定如常地和大家喝咖啡聊天。

桑蒂因此对苏林玲越发好奇，一直刨根问底地追着她。可苏林玲实在没有什么底子可以晾，老公简天明博士，大学实验室工作，像大部分学生物的一样，拿着低工资，干着辛苦活。苏林玲陪读过来，打过餐馆工，然后读书。书读得不好，花了很长时间考托福，也花了很长时间选专业，至今还没有毕业，这也实在是很平常。

唯一的异常就是她那天找工作运气好，碰到迈克。如果那天她来早十分钟，结果就会是前台礼貌地说："我们目前不招人，如果你愿意的话，可以留下简历。"可桑蒂觉得苏林玲就是不同，只是自己还没有发现不同在哪里而已。她觉得苏林玲有一天一定会一鸣惊人，就如苏林玲那天从天而降出现在公司一样……

第3章

桑蒂的预料一点也没有错，苏林玲的与众不同不久全公司都发现了。苏林玲先是跑到销售部请求帮忙完成一个调查，统计所有卖给商家的衣服当季商家向顾客卖出去了多少，有多少是清货打折卖出去的。还有各个折扣之间的销售比例怎样。销售部的员工一直无来由地吃喝着她孝敬的咖啡和蛋糕。看到有这不费吹灰之力的回报机会，怎会错过。他们迅速地抓起电话询问办事，几天之后，苏林玲期待的数据全部罗列在眼前。

苏林玲拿着那些数据左加右减地研究了好些天，认认真真写了长长的分析报告，然后抱着它们进了迈克的办公室。迈克其实很少来办公室，星期一，他是要去看他的基金股票的，星期五，人家从早上就开始他的安息日，剩下三天每天如果露面超过一个小时，那就是公司的非常时期。

可苏林玲进迈克办公室的那天，迈克一直到所有人下班，都没有离开。第二天，他也来得特别早。一进办公室，就宣布全公司各部门的头还有苏林玲开会。大家一落座，迈克就对苏林玲说："你开始吧。"

苏林玲有点紧张，毕竟她是第一次参加这样的会议，而且这会又是讨论她的建议。本来就不太好的英文更讲得结结巴巴，不过好歹让大家弄明白了她的意思。苏林玲说发现销售商为了保证利润，在向他们订购货物的时候，数量往往是预期销售的七成或八成，这样的话他们可以避免因为滞销打折而遭受损失。但对公司来讲，多个销售商家少订购的那二三成一累积，就少了很大的销售量。她边说边递给大家销售部调查来的数据。

——这很正常吧？没有人会花钱进一大堆货，卖不出去积压！

大家开始七嘴八舌，觉得这个会很怪，以为会有很大的新意，却发现苏林玲说的不过是显而易见且众所周知的一个事实，便有些漫不经心。

——可是如果我们按数量递减销售价格呢？我看了一下我们几家大的销售商，连锁店都是几百家，每一家小店一款多一件，累计起来，数字相当可观。

苏林玲小心翼翼地抛出自己的想法。

——这应该会有所增长，但是不会是太大的增长！

大家的反应依然是没有什么兴致。

——如果我们再回收他们没有卖出的产品呢？

苏林玲此话一出，顿时炸了锅。

——这怎么可能，你不是想要公司倒闭吧？

每个人的表情都显得夸张。老头迈克只是默不作声，静静地等着苏林玲的下文。

苏林玲胸有成竹地接着读她的报告，从成本预算，到预计利润，到估约回收产品的损失，列得非常地详细清晰。

——回收的产品一定会在很小的数目之内，因为大部分销售商是不会为了回收的那些衣服再回头把自己的购买单价提高的。那样等于把他们到手的钱又还给我们，而且他们若从各个销售点回收，人力、物力也非常大，还不如打折出售，可能更加简便划算。如果我们把这个优惠条款摆在开始销售时，肯定会增加很大的销售量。

——若是真的有回收，我们可以把回收捐献出去，不仅可以提高公司的声誉和知名度，还可以合理减免一些税。我认为这是一举几得的事情，值得一试。

进入状态后，苏林玲滔滔不绝。除了销售经理叹了一句："玲，你口才这么好怎么没有来我们销售部？"大家鸦雀无声，没有一言置评。

苏林玲开始有些紧张，自信满满的计划要是得不到赞同，不仅工作上的理想竹篮打水一场空，而且关系到自己在公司的立足问题，估计大家都不会再喜欢和多事的自己打交道。以后即使不是过街老鼠，也会变成全公司名副其实的闲人（嫌人）一枚。那沉默的十分钟对苏林玲来讲，仿佛过了一年那么漫长，她觉得自己像等待宣判的囚犯。终于等到迈克开口："如果大家拿不出更好的提议，那么我们就开始试一下玲的方案。"

后来回想，苏林玲都不明白当时自己怎么有那么强的干劲，那么大胆，一点也不担心会失败，一门心思就想着去尝试。可能因为她那时输得起，根本不需要患得患失，大不了没了一份捡来的工作，就像赌徒在没有什么赌注去赌的时候反而轻松。

上帝又一次厚待了苏林玲，她成功了，公司的销售业绩是大跨度地往上涨。而且正如她所料，回收的衣服不多，捐出去的广告效应好得惊人。公司的效益在那几年几乎是直线往上增长，大家年终奖也变得史无前例地丰厚。

苏林玲这次的举动征服了全公司，如果说以前大家因为常吃她带的咖啡和点心而喜欢她，这次之后，他们大多是敬佩地品着咖啡。特别是因为苏林玲的提议给大家带来了实际经济效益，对这个年轻的中国女人，同事们都可以称得上是敬重了。

苏林玲的薪水在这个计划实施两年之后，翻了一番，升任了财务主管，每次销售部会议会特别邀请她参加。她的事业可以说不仅风生水起，而且得心应手。桑蒂常提的蔻驰包包，苏林玲前前后后买了好几个。只不过依然够不上桑蒂的档次，人家是拎着路易威登，博柏利，成天讲爱马仕的主。但是桑蒂还是很开心苏林玲听了她的建议。只是每次发薪水的时候，桑蒂总是自觉不自觉地要宣扬一番：男怕入错行，女怕嫁错郎。这女人要是嫁的男人不好，自己赚多少都没有用，没有男人强有力的财力支撑，再怎么都是辛苦命。女人要活成她桑蒂那样，才是真正的成功典范。

对于坐中国市场总监这个位置，苏林玲觉得自己当之无愧，问题是自己并不想去当。苏林玲不明白在人生大事上她为什么老是碰这样的选择，摆在自己眼前的机会不是自己非常期待的，但却是错过再也不会有的。就如她的婚姻也是如此。简天明当年对苏林玲来说是救生圈，可是当时的她并不想被救。每每想到这，苏林玲就会不由自主地懊恼。全然忽略了她痛苦接受的，是很多人做梦都想得到的。不过不管她怎样懊恼，都只会是在午夜梦回伤春悲秋的时刻，第二天早上一醒，该干吗还干吗，她一样也不会落下。苏林玲觉得自己理智和情感并存，她引以为豪从来没有被感情冲昏过头脑。

苏林玲告诉迈克她需要一个懂中文的秘书和两个设计师。先让设计师把输入中国市场的产品的样板拿出来，同时慢慢寻找销售的突破口。

迈克说："小秘书挑了三个，正等你最后确定要哪一个。设计师的话，中国那边的你让厂长先招，这边杰夫想过来试试。至于销售，你以前写的报告似乎每条路都可行性不好，那是因为你根本不想开拓中国市场，现在你已经在这个位置，或许你会选出适合我们的方法。"

苏林玲笑了："所以你用赶鸭子上架这一招来逼我？不过这个

设计师你不想试一下中国人？中国人是不是会更好地了解当地市场的需求？”

迈克说：“是，中国基地那边就招中国人，这边让杰夫试试，杰夫的积极性很高，而且如果可以设计出两边都受欢迎的款式，不是更好？你下趟回中国带上他去了解一下中国风情。”

苏林玲听得一激灵，差点从椅子上掉下去。她一直提醒自己不要把个人的喜好带到和同事的相处上，可总是或多或少做得不好，杰夫就是一个例证。杰夫是个白人大帅哥。三十好几没有结婚没有固定的女朋友。一天到晚和公司的前台，和销售部的女性打情骂俏。似乎从来没有见过他认真地干活。在公司做设计师好几年，奇怪的是他设计的衣服和首饰的销量倒是很不错，几乎可以算入公司的首席设计师之列。

可苏林玲就是非常不喜欢杰夫，觉得他穿得不伦不类，言语举止都很轻浮。不喜欢他讲话时总盯着对方的脸，那神情仿佛在欣赏美食一般。桑蒂说他九成是同性恋。他是否同性恋和苏林玲一点关系也没有，他的工作几乎也和苏林玲不搭界，可是他如果做中国市场的设计师，苏林玲就不可以把朝夕相见当作不见，而有可能要与他朝夕相对。迈克这无心的决定倒似乎有些跟苏林玲过意不去了，让苏林玲对新职位又多了一层难言的抗拒……

第4章

公司在中国江西赣州的生产基地可以说是苏林玲一手建立的，她花在这上面的时间和精力比花在自己两个孩子身上的还要多得多。迈克当时为节约成本，随大流把生产基地转向中国，图便利就在广东东莞的服装城边上买了一家厂。设施和工人全是现成的，的确是省了很多事，但也花了很多不必要的银子。整理账目时，苏林玲心里就有八九分底。这基地厂长可不是省油的灯，充分利用迈克是外国人，不熟悉中国这边运作的弱点，下狠劲地拼命挖钱。桑蒂有没有参与其中，苏林玲不知道也不想知道。但是随着公司销售额扩大，苏林玲觉得有必要给基地厂长一点颜色看看。

东莞厂长没有意识到危机在眼前。苏林玲来公司也不止一两天，还到基地来考察过，相对于桑蒂对他报的支出的问都不问，苏林玲是要啰嗦一些。但他一般是先想好理由再设这个名目。所以相处几年下来，他并没有觉得苏林玲有多厉害，反而挺喜欢和这个小巧个子、长得漂亮的苏林玲打交道。

公司销售业绩越来越好，那么仅靠加班肯定不行，厂房要扩大，工人要扩招，机器要增添。这一系列的东西全是要钱的，东莞厂长也正好借这个茬，狮子大开口。迈克拿着他的申请报告咆哮：“我们还不如不要增加销量，让这个家伙去死吧！”

苏林玲坐在边上默不作声，心里想着让他去死真的是很有效的解决办法。东莞厂长从报告递上去起，就期待美梦早日成真，可是左等右等，总公司一点回音也没有，问桑蒂，桑蒂说：“我哪里会知道这些高层的东西，只是苏林玲这一年几乎全在中国，你见着她，干吗不当面问她？”

苏林玲来了中国？！东莞厂长连她影儿也没有见着。他有些着急，莫非事情真的砸了？但他还是有底气的，难道他们就不怕我断货吗？生意不做了？别把我逼急，到时一不做，二不休，大家一起鱼死网破。在他的几次催促下，总公司终于回了报告，费用砍得只有两成，说具体操作自己去想办法。东莞老板气得砸碎了好几个烟灰缸：“我就停产试试，看谁耗得过谁？”

几天之后，总公司一纸公文公告全厂，工厂移址江西赣州，愿随行的员工去人事部登记，不愿者可以领取两个月薪水自行离开。迈克和苏林玲随后从天而降，处理卖厂房和机器的事宜。东莞老板才觉大势已去，无力回天，见到苏林玲一个劲地问：可否让他追随去赣州？

苏林玲淡淡地说：“你想去自然是没有问题的，只是赣州没有一点油水的。”说得东莞厂长的脸变成猪肝色，依然犟着嘴：“我在这里干活不也是一样拿死工资。”

这些场景经桑蒂一渲染和夸张，再加上翻译的不精确，公司里一片轩然大波。有人敬佩苏林玲心思缜密，料事如神，做事有魄力。有人觉得这也太狠，大概就是中国的武则天类型。风平浪静中让你淹死，你都不知道是淹死的。桑蒂也想不明白，东莞厂长的杀手锏怎么在苏林玲面前一点杀伤力也没有。直到做账时发现付给另一家服装加工厂的手工费，恍然大悟，苏林玲做事真是滴水不漏。迈克是无条件支持了苏林玲的这次行动，虽然临时找加工厂干活费用激增，但他明白，这是暂时的，不拔掉这个毒瘤，迟早付出更多。当他长途跋涉来到赣州边上的小镇，看到新盖的厂房的规模时，见过大世面的他都不由得对苏林玲产生了崇敬之情。

当时公司各部门头一起讨论生产基地的去从问题，很多人觉得换一个厂长就可以解决问题，苏林玲却提出换地方。原因是现在公司越做越大，产品不仅涉及老、中、青、少的服装，还在继续往鞋帽、首饰配件方面发展。原来的厂子按现在的发展速度，三倍规模都不够用。如果通过购买旁边厂家解决问题，成本太大，反正是没法集中到一块，不如干脆换个地方。这些年广东地价飞涨，员工的工资也不低，换个地方成本或许会下降好多。

大家觉得有理，七嘴八舌地建议，什么北京、上海，靠谱一点的说苏州工业园。苏林玲心里说，你们以为是去游山玩水？苏林玲把地址选在江西赣州边上的小镇，自有道理。相对而言，江西地理位置不算太偏，但赣州还是内陆城市，处于发展中，去投资的不多。改革开放这么多年，中国每一个角落都已经知道要招商引进外资。他们如果去那里投资，得到的地方政府的优惠待遇绝对比广东强。还有经济落后的地方工人的工资也会相对低很多。再加上就在当地人家门口招工，相信工人的流动率会降低很多，尤其服装这个行业熟手和新手无法同日而语，员工流动率低是大有益处的。唯一不好地方是产品运回美国，是需要多一点周折。

迈克听得频频点头："你想得这么详细和周全，是不打算给东莞厂长留活路？"

"如果他接受我们的回复，东莞的厂子可以继续留着，这样我们也可以省下搬迁期间请别人加工的费用，以后赣州厂这边运货出去也有个周转的地方。只是他给不给自己机会的问题。"苏林玲说得轻描淡写，可内心却也莫名地生出一份沉重。

东莞厂长的反应虽然在苏林玲的意料之中，但其实这后果也并非她所期望发生的。且不说与人结怨不是件好事，没有东莞这边的后盾，新厂房这边的事情就变得迫在眉睫。之前，苏林玲回国一直在筹备这件事，从注册公司到买地，找施工队，建厂房。别说迈克，她都被自己深深打动，觉得自己好了不起。厂房建成的那天晚上，她一个人跑到顶楼，对着天空大喊："奶奶，你看得见吗？奶奶，你看见了吗？"那一刻她很为自己骄傲，可是却没有一个人分享她的骄傲。她挚爱的奶奶早已不在人间。多年的婚姻生活，她和简天明仍然走着各自的线，犹如铁轨一般虽然有很多枕木相连，但依然是两条平行线。她觉得自己所做的不管有多辉煌，结局都是一样——无人喝彩。在事业上走得越来越高的苏林玲没有高处不胜寒的感觉，有的是越来越多的孤独。

后来配备生产机器和招工的事情，苏林玲基本上没有操太多心。那时刚过2005年春节，苏林玲想着要给自己一个假期好好地休息，艰难的2003年和2004年终于过去。自己终于平平稳稳地走过来。尤其是在2003年里还发生了让苏林玲伤心的两件大事。她最喜欢的香港艺人张国荣和梅艳芳一个自杀，一个病死。她在悲伤的情绪中久久纠缠着出不来。征地建立厂房是个大工程，遭遇波折和不顺也正常。每每事情有阻滞的时候，苏林玲就想起梅艳芳的歌《孤身走我路》，那个身形纤细、个性刚强的女子在黄泉路上有没有追到好友，结伴同行？

表妹何彩云每次听苏林玲提到梅艳芳就说：“你真奇怪，自己事情不顺，却担心和你不相干的死人的事情，你是不是少根筋？”

“你才少根筋，不正儿八经地找个人过日子，我看你准备耗到人老珠黄没有人要。”跟何彩云说话苏林玲从来不顾忌。

“我干吗要别人要？我现在吃得好，穿得好，还不要操劳。”

“可人还是要结婚的，到时老了怎么办？”苏林玲骨子里也是传统的。

“结婚？我爸和我妈结婚快三十年，还不是柴米油盐吵吵闹闹，有什么意思？我这辈子都不会忘记我妈当年问我爸要不到钱就去河里摸螺蛳，手脚都泡得又红又肿才换那么两块钱。”

“这都是什么和什么？你爸你妈他们的时代那不是特殊情况吗？”

“那你们呢？你好歹也算是嫁了个博士，光宗耀祖啊，还不是要风里来雨里去到处跑赚点辛苦钱。”

“行了，行了，我知道我是说不过你。”苏林玲读书的比何彩云多，见识也算是比她多，到头来终究给她说得哑口无言。不过拌嘴归拌嘴，苏林玲心底，何彩云就是亲妹妹，所以她离开人世之后就变成了苏林玲心头的一根刺，取出塞进都要命，稍一拨弄就剧痛无比……

第5章

当年苏林玲的妈妈，林玉芳，漂亮的上海女孩，在云南昆明边上的乡下当知青。和电视剧《孽债》里情节一样，林玉芳和当地的村民苏德胜相爱并结婚了。这在当地轰动很大，那年头那种环境下发生感情的男女非常多，可是一般的选择是遮遮掩掩，暗度陈仓。结婚的还真的很少。当时大家都觉得林玉芳是鬼迷心窍，尤其是她的父母，毫不犹豫地要他们断绝关系，林玉芳并没有屈服，毅然还是嫁了。婚礼很热闹，不是因为参加婚礼的人多，而是看热闹的人很多，十里八乡的人全来了，大家都想看看那个嫁给农村人的大城市姑娘模样，也想看看可以娶到上海小姐的小伙出色在哪里。

一般的童话故事到结婚就结束了，因为剩下的是柴米油盐的平淡日子。可即便这样的平淡对苏德胜和林玉芳来说也是为数不多的奢望。最初半年，他们是幸福的，虽然物质生活上他们很缺乏。被幸福冲昏了头的林玉芳甚至认为她父母很浅薄，太势利。婚姻并没有给她带来父母所描述的恐怖后果。林玉芳那段时间是天天挂着甜蜜笑容的，只是现实没有给她收藏笑容的时间，在林玉芳被发现怀孕的同时，苏得胜也被发现患了肝癌，还是晚期，医生预计他只有三个月左右的时间可以活了。

林玉芳的天瞬间塌陷，她都不知道自己是否应该哭，她也连可以哭的时间、地点和人都没有。什么叫打掉牙往肚子里吞，她深切地体会到了。不知谁告诉了她父母，父母托人送来二十块钱，也提了一个要求，把孩子打掉。才几天的工夫，苏德胜这个帅小伙就脱了人形，他也开始劝林玉芳打掉孩子。婆婆只是哭个不停，说："你和孩子要是都没了，我这老骨头也跟着去得了。"性情温婉的林玉芳再一次让大家跌破眼镜。她把那二十块钱找人带回给父母，对着婆婆和苏德胜说："有我，就有孩子，你想让孩子走，我也一起去。"

苏德胜的生命力是顽强的，他坚持到了苏林玲满月，还给苏林玲取了这个含义深重的名字。苏林玲生下来虽然是足月的，依然小得像猫一样，只要看过苏林玲的人都觉得这孩子长得太小。整张小脸上就看见一双大眼睛。有人甚至开始担心没有奶水的林玉芳是否能把苏林玲养大。

办完苏德胜的丧事，家里仿佛还解脱一点，少一个病人伺候，苏德香相对轻松一点。可心理上的压力却更大，家里老的老，小的小，嫂子林玉芳本来就是娇滴滴的大城市小姐，怀孕和生产期间没有吃好，更没有休息好，受这样大的打击，还能指望她干活？

苏德香在哥哥刚结婚不久，就订下亲事，对象是邻村的何大壮。相亲的时候大家见过，彼此还满意，那时借着嫂子的光，他们家可是出了一回名，所以相对而言，何大壮家家境比他们好，老爷子还是村长。如果按照原定计划，第二年初就要操办苏德香的婚事了。苏德香心里也暗暗着急，自己真的出嫁了，家里可怎么办？

何大壮那边比她还急，媒婆拎着两斤猪肉，上家来了，说要退婚。苏德香愣了，苏林玲的婆婆急了："退婚，好端端退什么婚？退了婚我的姑娘还怎么嫁人？"便要媒婆回话不退。媒婆站在那里左右不是，把猪肉往桌上一放："你们也别为难我，要退婚的又不是我！"

林玉芳在里屋听到再也躺不住，扶着墙走出来："退婚总得有个理由吧！我们家姑娘到底做了什么见不得人的事？要被退婚。"

对大城市来的林玉芳，乡下的媒婆还是有些本能地惧怕，她犹犹豫豫地说："没有大姑娘的事，只是，只是……"

"你尽管说好了，我们家什么风浪没有经过？"林玉芳很平静。

"那可是你逼我说的，他们家说，等过了几年，你再嫁人，这老的小的不得归他们家养，总不能娶个媳妇还带妈和侄女，这一下子多几张嘴……"

"知道了。"林玉芳再次打断了媒婆，她一字一顿，"这猪肉，你带回去吃，也算我们谢你来来回回跑。烦你给亲家那边传个信，我林玉芳虽不能说生是苏家人，死是苏家鬼的话。但是请他们放心，我走到哪里，婆婆玲玲就跟我到哪里。不会麻烦他们家。还有请放心，德胜不在了，但苏家嫁女儿，一样会嫁得风风光光。”

事实如林玉芳所承诺的，苏德香的婚礼如期举行，何家送过来的彩礼，两床红花棉被子，两套新衣裳，林玉芳如数陪嫁过去，添了两个热水瓶，一个脸盆和一个脸盆架子，还外加了一套木脚盆和澡盆。这在当时，可是非常豪华。苏德香知道这些是嫂子把她奶奶留下的唯一翡翠戒指换钱买的，感动得不知说啥。出嫁那天，她哭得振天响，是真的死活不想出门，她心里有太多的放不下又有太多的担心。

赣州基地的厂房投产之后，苏林玲如愿以偿让迈克给了她一个月的假期。这是她工作这些年来第一次有这么长的假期。她也正好要应对会计师最后一门的考试。苏林玲在家先睡了整整三天，觉得心里畅快极了，那是一种前所未有的畅快，是她的事业此时到了一个前所未有的高度而带来的感觉。苏林玲觉得自己非常享受这种畅快。

可是苏林玲的身体似乎不是那么享受，肚子不配合地痛。开始她以为是劳累太久一下得到放松所致，而且也不是痛得撕心裂肺，所以也就没有搭理。哪知到了后来人痛得不行不说，下体还出血，黑黑的，一块一块。简天明也吓着了，拖着她去了急诊室，结果是胚胎停育引起的。苏林玲并不知道自己怀孕了，知道的时候却也是失去的时候，伤心是可想而知。简天明更是，毕竟他已经三十好几了，而且又是家里唯一的男孩。但事已至此，也只有接受的份。想着只有养好了苏林玲的身体，才可以有新的希望，便更加小心翼翼伺候她。

苏林玲在家无法静心看书时，就到处打电话。她很奇怪就是打不通何彩云的电话，她跟何彩云这些年两天不说话心里就挠痒痒似的，国际电讯业她们可是贡献了不少费用。苏林玲老妈林玉芳解释说何彩云和姑姑苏德香两人到深圳去买房了，这样星仔周末从香港回来比回中山方便一点，花在路上的时间也短一些。可能比较忙，等她们稳定好了她们会和苏林玲联系的。

苏林玲一点也不怀疑妈妈的话，星仔是何彩云唯一的儿子，从小没有离开何彩云身边一天，现在跟着他爸爸去香港读书，何彩云每天的事情基本就是等儿子回来。为了可以更多地和星仔相处，这个决定也合情合理。可一个多月过去，苏林玲还是没有何彩云的音讯，她有些坐不住了，她和彩云从来没有试过这么长时间不联系，便试探着电话里再问林玉芳：“妈，你不是有什么事瞒着我吧？”

本来是随口一问，结果林玉芳的反应把苏林玲惊了个半死，她嘤嘤地哭了半天：“你姑姑说你小产肯定是因为身体不好，所以不管怎样都要等你坐完月子再说。”

“到底怎么回事，你快点说！”苏林玲按下自己乱跳的心，强装平静。

“彩云自杀了，吃的安眠药。等你姑姑姑父发现，人已经没有用了……”

简天明听见楼上“咚”的一声巨响，冲上来，发现苏林玲不省人事躺地上。吓得他拿电话叫急救车的手都是抖的。苏林玲醒后就闹着要回国，简天明怎么劝都没有用，最后姑姑苏德香打电话过来："人都火化了，你回来有什么用，你现在身子不好，要是路上有个好歹，你不是让彩云走得不安心？"

苏林玲那段日子一连好多个晚上都梦见何彩云，或是小时候和自己在一起，或是她少女时代的情形，却唯独没有她到广东以后的事情，或者在心底深处，苏林玲一直是希望那段岁月是不存在的，因为她比谁都清楚何彩云的那段经历，也知道正是这直接导致了她的自杀。何彩云的离去，就像在苏林玲心上深深挖了一个洞，永远无法填补的洞。这个世界上，苏林玲觉得只有奶奶和彩云是真心疼她的，如今，她们全去了，而且何彩云走的方式是如此地让人难以接受，连一个招呼也没有和她打……

第6章

苏德香出嫁以后，有人开始为林玉芳说亲。林玉芳是漂亮的大城市姑娘，虽然带着婆婆和女儿，可是从苏德香的陪嫁来看，谁知道这个上海女人手里还有些什么宝贝，所以说亲的人还真不少。但是林玉芳全拒绝了，婆婆有些不解："玉芳，你是不是想着回上海？你若是回上海，带上玲玲就可以，不用管我，我这把老骨头，真的动不了，我还不信何大壮他们能饿死我。"

回上海是林玉芳可望不可即的，且不说父母是否会原谅她，那本就小得不能再小的家又如何会有她和玲玲的栖身地？可是继续留在这里，林玉芳也不情愿。嫁给苏德胜，林玉芳充满感情，可现在，对生活林玉芳越来越现实。她不希望女儿面朝黄土地过一辈子，她要让女儿过上更好的生活。她暗暗对自己发誓：一定要想办法带女儿离开农村。

苏德香的婆家待她还不错，除了一分钱也不让她过手之外，其原因众所周知。苏德香心有怨恨，也无可奈何，她的婆婆管家，连她老公都没有说话的份。女儿何彩云出生后，苏德香的婆婆有些不高兴，因为不是男丁，也不怎么帮他们带，苏德香的心更寒半截，干脆把何彩云送回娘家，她也借机多回娘家几趟。

对娘家苏德香觉得自己是怎样回报都不够，父亲过世得早，母亲拉扯着他们兄妹二人艰难地长大。可是就是在那样的环境下，苏德香依然觉得自己是幸福的，母亲和哥哥对她都是宠爱无比。到后来哥哥娶了林玉芳，那个高不可攀的城市女孩，苏德香觉得是仙女下凡来到了她家。林玉芳一点娇气也没有，温婉，大方，对她一家都好。尤其哥哥这一过世，林玉芳的表现更让苏德香敬佩。婆家如此地抠，让自己在生活上帮不了娘家，苏德香是着急上火。现在把女儿抱回去，自己正好多回去干些活也偷偷地带回一点米和面。

一晃就这样过了快四年，林玉芳依然单着，婆婆和苏德香都觉得这样下去不是个事，婆婆和小姑子总不好劝嫁，反正最困难的时间也过去了，日子也就这样熬着。

那天，久不露面的媒婆又来，和婆婆嘀咕半天。婆婆喜上眉梢等林玉芳回家。这次介绍的对象是他们邻村的，叫杨广义，当兵复原留在镇政府当保安，原来是娶了同村的姑娘做媳妇。媳妇在环卫所做临时工。有个女儿已经五岁，媳妇还怀上了二胎，本来也挺和美的一家人。谁知祸从天降，有天媳妇大清早去扫马路，不知给什么车撞了，司机跑得无影无踪。因为天还太早，也没有目击证人，等同事发现时，早已一尸两命。

媒婆说镇上也有给杨广义介绍对象的，可他就惦记着林玉芳。林玉芳结婚的时候，他也过来凑热闹看过，后来林玉芳的经历，他也知道，说是如果林玉芳不嫌弃，就一起过，这次林玉芳例外地选择了沉默。

林玉芳和杨广义到镇照相馆照了一张合影，买了一些糖果散给周围邻居，就算是结婚。杨广义的老婆被车撞时是在上班，算是工伤事故。因为追不到肇事者，而她还怀着孩子，所以当杨广义提出要解决林玉芳的工作问题时，环卫所二话没说就答应了，而且还协助把苏林玲的户口办好。只是上苏林玲户口时，大家闹得有些不开心，杨广义想着正好把苏林玲的姓改过来，这样至少面上更像一家人，别人说三道四也会少些。没想到林玉芳态度坚决，一点商量的余地也没有："不行，玲玲不管怎样，就得姓一辈子的苏。"杨广义觉得林玉芳真有些狗咬吕洞宾，不识好人心。自己希望玲玲姓杨还不是把玲玲当自己的孩子看，可是林玉芳不知怎么想的，硬是不想这复杂的关系简单化。杨广义在他们住的附近小学校工宿舍那里借到了一间仓库房，林玉芳虽然觉得那房子寒碜，但却是最好的解决办法。婆婆和苏林玲住在那里比大家挤在一起要好得多。

四岁以前的事情，苏林玲一点记忆也没有。对于父亲，她只见过他和母亲的一张合影，照片上的他，眉目俊朗。对于父亲过世后，母亲的艰辛，和自己小的时候，是如何体弱多病，如何难带，苏林玲没有概念。四岁以后的事情，她记得清清楚楚，甚至希望可以忘掉一些都没有可能。那间有点漏雨的废弃小库房是她和奶奶的家，晚上经常没有电，奶奶就点煤油灯。奶奶在库房的周围栽了一些菜，那也是她唯一可以活动的地方，不远处教工宿舍那里有好多同龄孩子，可他们从来不和苏林玲玩，一看见她，就大声叫："乡下人，乡下人。"

林玉芳周末会过来看看她们，送些日用品和钱。后来有了弟弟，林玉芳就变成两周来一次，或者一月来一次，或者更久。苏林玲不在乎。她只在乎她的奶奶，只要奶奶在就好。剩下的期待就是何彩云。何彩云和她一起长大，虽然比她小两岁，长得却比她还高。因为他们搬到镇上来了，加上彩云添了妹妹和弟弟，彩云来得不如以前那么勤，可只要逮着了机会，何彩云就会过来。她的到来是苏林玲对自己童年的灰色记忆里的唯一亮点。

苏林玲从来没有想过何彩云会离开她这么早，她觉得姐妹也是手足，手足不是一辈子的吗？怎么会人还在，手足却不见了呢？

关于中国市场这边的开辟，苏林玲要再回中国一趟，和赣州厂长一起研究落实一些具体事情。杰夫也要去中国，想详细地了解一下中国人的着装风格，苏林玲万分不情愿和他一起出差。以前苏林玲回中国，大都是一个人，或者有时和迈克一起，但是迈克坐商务舱，她坐经济舱。这次倒好，她的级别升了，也跻身于商务舱，可是她没有觉得多一点舒适，反而更加难受。本来只想闭目养神，却要装作听音乐或是看电影。这一路对苏林玲简直就是折磨。但杰夫却很享受，一直神采奕奕，只要苏林玲一摘下耳机，就喋喋不休说他自己以前到中国旅行的经历。

好容易熬到北京，苏林玲从机场服务台拿了一叠酒店广告单给杰夫：“我要赶去赣州，你自己找酒店，北京好多人会英文，你绝对丢不了。”

杰夫笑着说：“你甩不掉我的，我也是要去赣州的，还要和你一道回纽约。”

苏林玲被人戳穿心思，有点心虚。便借口要赶去办转机手续，赶紧走开。托运好行李，苏林玲长舒一口气。走到机场咖啡厅，买了一杯咖啡。咖啡厅里生意很不错，竟然找不到全空的桌子。她只好走到邻座对一个看报纸的人问了声：“请问这里有人坐吗？”

“没有。”看报纸的人头也没有抬。可是这些话音落地之后，他们却都朝彼此望去。

“天啊，真的是你！阿玲。”

苏林玲有些发愣，她不是太确定这个已经开始秃头的中年人就是当年帅气、儒雅的李庆远。

“你不会不认识我是谁了吧？我是李庆远。”

“没有，没有，只是太长时间没有见，有二十年吧？”苏林玲有些慌乱。

当年和李庆远分开后，苏林玲曾无数次期待过两人的重逢，到最后知道没有可能再在一起，那种期待也没有消失过。也无数次设想过两人相遇的场景，却从没有想过再次见到时会是这人已经在心底被尘埃淹得看不见时。

不管苏林玲设想过多少次相见，时间、地点、场合从来没有重复过，但是有一点却是相同的，那就是她一定是穿着得体的衣服，化着精美的妆。因为她从没有放弃过让李庆远后悔的期待，哪怕是白发苍苍，她也希望自己以一个漂亮的老太婆形象出现在他眼前。如此狼狈地和李庆远再次相见，坐十几个小时的飞机，面目都真实得有些狰狞。那些可以掩饰缺陷的妆容早消失得无影无踪。而因为坐飞机穿的休闲服，让自己看上去更像去菜场买菜的大妈。苏林玲有些手足无措地懊恼，李庆远似乎并没有注意这些细节，一直在感叹：“真的噢，我们还再见到了！”

第7章

苏林玲和李庆远分开这么多年，不仅是没有再见过他，对他，连提都没有人在她面前提过。最后一次有人提起李庆远，还是苏林玲出国前夕，何彩云在中山的富华酒楼旋转餐厅为苏林玲践行。碰到披萨店的老板，他很高兴地和苏林玲打招呼：“好久不见你们，还以为你和李回台湾了，你们最近好吗？”

苏林玲一脸尴尬，急于想表白自己，却把问题回答得更加糊涂：“我结婚了。”

老板看似很激动：“恭喜，恭喜，不是说要到我们餐厅来庆祝的吗？”

苏林玲更加尴尬：“谢谢，我先生叫简天明，在美国读书，我也要过去陪读。”

老板这才反应过来“哦哦”半天，借故走开。苏林玲的心思却被打散，一点吃东西的胃口都没有了。她静静地看着窗外的景色，那时是冬天，天有些阴沉沉，这个城市，埋葬了她的欢笑和眼泪，挥霍了她的梦想和青春，就要远离，没有感慨是不可能的。有感慨又如何？以往的人，爱与不爱今生来世可能都不会再见。记得彼此是爱人的竟然是漠不相关的旁人，是应该心酸还是心痛？

此刻看到李庆远那么放松，苏林玲也不再去纠缠自己邋遢的服饰形象。她渐渐平静下来，曾经以为再见李庆远，她一定会问个清楚明白，为什么当初会不告而别？为什么那么狠心抛下她？这些年是否有后悔或者牵挂她？结果她什么也没有问，那一刻她根本记不起自己还有好多疑问。那些曾经的疑问因为岁月的流逝变得毫无意义。上帝这次意外的安排让她觉得不知该如何接受。

李庆远细细地端详着她，就像当年初相识一样，目光也依然如以前，充满了关切。苏林玲给看得有些不自在，拢了拢乱发："我老了，皱纹好多啊，还有白头发。"

"没有，只是成熟了，比以前还漂亮，有女人味了。"

"我以前难道是男人味？"苏林玲忽地有点紧张，原来自己最美丽的时候并不是和他在一起，忽然又为自己的想法好笑，这些还重要吗？这个人早已走出自己的生活。

"不是男人味，是女孩子的青涩味。"李庆远不经意地叹了一口气。

苏林玲轻轻地舒口气，她打量着李庆远，心里感叹：他老了，老了好多，发线后移得厉害，鬓角的白发清晰可见。脸上的皱纹和老年斑也开始呈现。早就知道在一起慢慢变老是不可及的愿望，可历经沧桑之后，看到彼此老去的容颜，却依然感伤。

两个人无言静静地坐了一会儿，然后像一般熟人一样，开始聊着不咸不淡的家常。他告诉她，他的家安在台湾，自己还是在以前的公司做，只不过换到了北京分公司，还是两个月回台湾一次。

她听了，笑笑：“那太太一个人带孩子好辛苦吧？如果有机会还是申请回台湾工作好。”

他说：“孩子们已经很大了，相对而言，现在算是轻松。就这样干到退休吧，也没有几年。”

她告诉他，自己和老公去了美国，已经是两个孩子的妈妈，这次回国是出差。

他听了，也是笑笑：“不要老是想着赚钱，钱是赚不够的，在家带孩子也很好，一个女人，这样颠簸干吗？”

她说：“也是情势所逼，老公是学生物的，学历虽高，赚钱不多，在纽约地区根本消费不起。”

他们还聊着孩子的兴趣爱好，和日常的娱乐活动。直到机场广播响起催苏林玲登机的声音。

苏林玲一下子回过神，急忙起身：“要走了，要走了，耽误飞机起飞了。”

李庆远帮她拿好外套：“别急，只要你办好了登机手续，他们会等你的。”

苏林玲伸手接外套的时候，心仿佛被针刺了一下，她现在才真的觉得自己见着李庆远了，还是当年那个体贴入微的李庆远，让她心碎情伤的人。她不知道自己在这个人心中的位置，或许只是个无足轻重的过客，不曾带走他生活中任何云彩，但是这个人在她的生命里刻下的烙印今生是无法抹去的。对于这一点，她曾经有很强的倾吐欲望，但是现在看来，她愿意倾吐的对象与其说是这个人，不如说是她心中的记忆。

苏林玲轻轻地说了一声：“保重！”转身离去，她没有说再见，因为她清楚地知道，今生应该不会再见。她也没有回头，就这样吧，或者可以带走李庆远关注的目光。

外面阳光很好，很刺眼，即使苏林玲还在机场里面都被刺得眼睛生疼。她在心里默默地念叨：还是把永远留给记忆吧，那些浪漫，那些眼泪，那些开心，还有那些坚强……

和李庆远相识时，苏林玲还是二十刚出头的小姑娘。中山有家叫莫尔多的披萨店，是个意大利老头开的，因为外国风味比较浓，所以不仅深受外国人欢迎，也很受当地年轻人追捧。那时，苏林玲和何彩云刚换到华家纸箱厂，一个做质检，一个做仓管。虽然不是什么很上档次的工作，但是好歹也算朝九晚五。她们发工资的时候会出来小资一把。

那天，坐在她们邻桌的是几个大男人，正旁若无人地热聊大陆与台湾的关系。苏林玲一听那台湾腔的普通话就撇撇嘴：“台巴子。”

苏林玲对台湾人的印象极其恶劣，有一句流行的话形容台湾人是“双色”的，吝啬加好色，苏林玲觉得十分贴切。

“为什么叫我们台巴子，我们的脸上有疤吗？”一个帅气的年轻男子突然出现在苏林玲面前。

苏林玲吓了一跳，不知如何作答，何彩云一旁插嘴道：“你听错了，亲爱的台胞。”

“台胞，我知道你们背后是叫呆胞的。”

“你既然知道，那是来找我们吵架？”苏林玲牛脾气忽然上来。

“哇，你的脾气好大，我叫李庆远，可否请教坏脾气的小姐的姓名？”

“我就叫坏脾气。”

“好，坏脾气小姐，很高兴认识你！”

“我可没觉得有什么高兴的。”

“坏脾气小姐今天心情似乎很不好嘛！”李庆远看谈话似乎无法进行下去，决定撤退，“等你脾气不坏的时候打电话给我，好不好？”他递过来一张名片，苏林玲有些发傻，不知道该不该接。李庆远笑笑看了她一眼，把名片摆在桌上，转身走了。

何彩云拿过名片细细端详着：“这个台巴子准是看上你，长得不错，还是一家跨国大公司在中山分公司研发部的经理，可以考虑一下。”

“你胡说八道什么？”苏林玲一把抢过名片，小心地收藏，她不打算打这个电话，却想把名片精心地留着。她的一举一动都被不远处的李庆远收在眼里。

年轻的时光总是过得飞快的，有次周末的时候，何彩云说很久没有吃莫尔多的披萨了。一进门，苏林玲就觉得有目光在盯着自己，可是扫视了一圈，却什么也没有发现。那一刻，苏林玲期待看到李庆远，她有些嘲笑自己的自作多情，在酒楼打工那么长的时间，难道还看不透男人的逢场作戏?

等坐下来吃饭，苏林玲显得有些心不在焉，何彩云嘲笑她："你不会想再见那个台巴子吧？你要是想他，就打电话给他！"

"你胡说八道些什么。"苏林玲脸上挂不住。

服务员这时递给她一张纸条，苏林玲有些奇怪，打开一看："可以请坏脾气小姐喝茶吗？"下面画着两个框，一个框上"YES"，一个框上"NO"。

苏林玲抬眼再扫了一次，这次她看到了坐在角落里的李庆远，正一脸坏笑地看着她。苏林玲想也没有想，就在"NO"上面打了个勾，叫服务员送回去，一会服务员又递了回来，她打勾的地方，"NO"变成了"YES"，旁边写了一行小字："明早9点富华酒楼。不见不散。"苏林玲又好气又好笑，转头去看李庆远，人却已然不见。

何彩云说："去，干吗不去？有人请喝茶，不喝白不喝。"

苏林玲却很犹豫，对爱情，她和天下的女孩一样有着美好的憧憬和愿望。其实一直也有人对她表示好感，可是看多了琼瑶小说的她，没有办法把爱情和穿着一身油渍的厨师服，或是赤裸裸地说“做我女朋友吧”的人划上等号，琼瑶阿姨的故事里，男主人公一定帅气、浪漫。他们的感情一定不食人间烟火，还要九曲断肠，和那些遥远诗词紧密相连。这个李庆远倒是有些接近。两个人的相识也不是那么太过于平常。故事还没有开始，苏林玲这边早已百转千回，她不停地在心里问自己：人家真的会看上灰姑娘？会是真心想要未来？美丽的童话会变成现实？

第8章

那个周六的早上不到七点，苏林玲就起床，把所有的衣服全试了一遍，最后还是穿了最初选的那件藕荷色连衣裙，那条裙子不仅颜色淡雅，式样新潮，且也不失品位，把苏林玲平时不显山不显水的曲线也凸显得玲珑起来。她还尝试着化妆，只是化完之后，自己都吓一跳，感觉和动物园里的熊猫一个样，干脆还是洗干净，最后只抹了点口红。

时针指在十点半，苏林玲何彩云终于赶到富华酒楼，何彩云一路笑她："想去，就大大方方，干吗这样，人家要是不等，你后悔死。"说得苏林玲的心七上八下，她自我安慰："要是这点诚心都没有，不开始也罢，免得日后伤心。"

李庆远等得有些绝望的时候看到她们，喜出望外，开心地迎了上来。那次的茶，喝得最舒服的是何彩云，想吃什么就点什么，想说什么也百无禁忌。再看看旁边两个各怀心事，何彩云更是放肆地胡说八道。李庆远话不多一直小心翼翼地注视着苏林玲，一会倒茶，一会夹点心，唯恐招呼不周。苏林玲脸上没有什么变化，心底却紧张得要命，生怕自己哪里做得不好。同时也被李庆远的心细和体贴打动，从小就缺乏父爱的她，渴望体贴和关爱。

他们的感情进展很顺利，也似乎没有理由进展不顺，一个青春当年，一个情窦初开，外形上般配养眼，性格上也属互补型，苏林玲单纯幼稚，李庆远老谋深算。苏林玲简单得就像一条直线。她陷进去了，一半是因为李庆远的殷勤，一半是因为她自己的纯情。虽然苏林玲有时要小孩子脾气，让李庆远有些啼笑皆非。但是对于这份感情，苏林玲是扑出了全身心认真地投入。李庆远也可以感觉到她那浓浓的不晓得如何表达的深情。

苏林玲很享受被宠爱，那是她一直期待和寻找的，也是她从小就缺失的。多年以来，每当她疲惫的时候，依然会想，如果她嫁的是李庆远，是否她不会活得这么辛苦。但是他们却失之交臂。而做出这个决定的却是李庆远本人。苏林玲没有办法知道李庆远是否后悔。但是她觉得自己一生中最开心就是和他相处的那段时间，这也是她对他无情的离去最终选择宽恕的原因。

认识李庆远的时候，苏林玲单纯得像一张白纸，她什么都和李庆远说，甚至公司有人在追她，连细节她都会告诉李庆远，毫无保留，这其实是对李庆远的信任和爱，她渴望被呵护被爱。可是她并不知道，这会给李庆远带来压力。面对一个比自己小八岁，没有心机的漂亮爱人，李庆远不知道这是自己的福还是祸。平心而论，他真的喜欢苏林玲，倒不是因为她漂亮，苏林玲的漂亮是对别人而言的，李庆远第一次见她，是感到亲切，他觉得他在哪里见过这女孩，这个女孩就像一直生活在自己周围，没有一点陌生感，虽然他们的生活轨道如此地不同。

和苏林玲相处后，李庆远觉得她朴实，不虚荣。来大陆工作，是因为在台湾的工作遭遇瓶颈，希望到大陆后会有更好发展，感情上有好发展也不错，毕竟已经快三十岁，云淡风轻、刻骨铭心他都经历过，如今的他只想安定。遇上苏林玲，是上天的安排。李庆远欣喜地接受。可是对于他来说，太过年轻漂亮的女友又让他没有安全感。有的时候，他甚至会嫉恨大街上盯在苏林玲脸上的异性目光。他一直在反复掂量，如果他们结婚，苏林玲是可以和他一起分担，还是会变成他的重担？感情有时候因为当事人不认真而没有结果，可是当事太认真结果也会变得不确定。李庆远和苏林玲就属于后者范畴。

李庆远工作的公司有福利，每两个月回台湾十天，汇报工作兼度假。每次回去前，他总是买好一大堆零食、小说、杂志给苏林玲送来，苏林玲宿舍没有电话，他还会留下他的手机，方便他们联络。他设计好每一个细节，苏林玲也很享受。何彩云说，这简直是牛皮糖，粘得太紧。不过人家两个一个愿打一个愿挨，别人也管不着。

李庆远和苏林玲一起讨论指甲油的颜色，裙子的长短还有透明度问题，这一切，让苏林玲觉得新鲜，原来两个人的世界可以这么近。

原来男人也可以做这些事情，她的短短的生命历程里几乎没有正式出现过男性。李庆远的表现让她惊喜。李庆远甚至注意到苏林玲脚上皮肤干裂，买好润肤霜，连买卫生巾也不计较地代劳。更别说进出门，还有上下车开门关门的问题，在李庆远身边，苏林玲觉得自己是备受宠爱的公主，她找到了自己久久期盼的感情，心中一直模糊遥不可及的期待，因为李庆远变得真实。苏林玲生平第一次感到幸福，生活对她原来也有厚爱的一面。

李庆远有次回台湾带了苏林玲两张照片，说是要给他爸爸看，回来后却没有提这件事。苏林玲有些奇怪："你爸看了我照片说什么？"

"没说什么。"李庆远回答得不以为然。

"我不信，怎么会什么也不说？"苏林玲不依不饶。

"我爸说你长得太漂亮，我要给自己找绿帽子戴。"李庆远的口气和说"这个糖很好吃"没有区别。

这话对苏林玲是晴天霹雳，她不明白为什么老人家可以说这样为老不尊的话，是表示不同意他们？她也不知该如何替自己辩解，漂亮难道是过错？不是说看人不可以看表面？怎样才可以让老人家看到自己爱李庆远那颗火热诚挚的心？李庆远有帮自己解释吗？

苏林玲希望李庆远会相信自己，强力地支撑自己，可李庆远似乎没有，他处理这件事给人的感觉是置身度外。或者是因为他觉得自己都没有考虑清楚该如何应对这些，他也没有想到会面对这些，原来在他心里还是很模糊的担心却开始变得更加清晰和强烈。

李庆远变得琢磨不透，对苏林玲的态度也忽冷忽热，有时一个星期也不联系她一次。他们相处本来就是他事事占主导地位，苏林玲言听计从，李庆远态度反复古怪，苏林玲就不知所措。她的心随着他的态度上上下下，可是也不知如何解决，只有更加温顺。这在李庆远眼里没有积极作用，他消极的气焰更加高涨。

过了些时候，李庆远犹犹豫豫地对她说："我们分开一段吧，要是过了这一段，你还觉得我好，你就来找我。"

苏林玲云里雾里："你在说什么？"

"我觉得你还太年轻，还不知道自己想要什么，现在我给你自由，如果你找到更好的，我祝福你，如果你还是……"

"我还是什么？"苏林玲气呼呼地打断，"想分手直截了当，不用拐弯抹角！"这段时间李庆远的表现，苏林玲很有感觉。

苏林玲的自尊让她没有等李庆远说完，就选择了离开。虽然离开的时候，苏林玲泪流满面，心痛不已。她对自己说：既然爱到了尽头，就让我还留有自尊和回忆。他们分开了整整八个月，那八个月对苏林玲来说，好漫长，仿佛走过一生。她曾经以为天长地久的感情结果只维持了几个月，在无边的黑夜她独自哭泣时，她也终于明白爱情对她来说是肥皂泡泡，美丽易碎。幸福是海市蜃楼，片刻烟消云散，不管等待多久或依然期盼。幸福就是让她看了一下，味道都还没有搞清楚，就无影无踪。任凭她怎样拼命去抓，还是像手中的沙，漏了个精光……

第9章

就在苏林玲慢慢被迫接受了李庆远的离去时，李庆远又莫名其妙回来。他带着沧桑和忏悔，可怜兮兮地一遍一遍地求她原谅，说再也不会让苏林玲伤心。苏林玲看着这个大男人表现得像孩子一样，她不知所措，但她还是选择相信，那时的她有很多的事情还不懂，她还不知道被掩盖的不信任和家暴一样，有第一次绝对会有第二次。

当时何彩云提醒："三十岁的男人会因为老爸的一句话跟女朋友分手，这男人心智也太不成熟。"苏林玲压根没听进，琼瑶阿姨的小说里感情都要经过磨难，不经历风雨，怎么见彩虹？他们的感情，失而复得之后的确更加浓烈。李庆远更加小心翼翼呵护她，似乎真铁了心，感情也不藏着，掖着，经常把苏林玲带去他们公司和同事一起聚会，更别说别的场合公开一起亮相了。

有天苏林玲应约到莫尔多吃饭，点好了菜之后，李庆远说要去洗手间。苏林玲静静地坐着等，忽然看见李庆远在餐厅中央，大声说：

“对不起，占用大家一点时间，想让大家做个见证。今天是我深爱的女孩阿玲生日，我们是在这里相识的，所以我在这里祝福她每一年今天都快乐，每一年今天我都可以在她身边。”

“求婚吗？求婚啊！”有顾客附和到。

苏林玲看不清李庆远的脸，她自己脸好烫，仿佛所有的目光都投向她。李庆远顿了一下：“那是计划的下一步。今天我想为我的女朋友唱一首歌，那是她最近迷上的，我是台湾人，台语歌唱得很有自信，粤语歌还是第一次尝试，但我还是希望她喜欢我唱的多一点。”

李庆远开始清唱《不装饰你的梦》，其中的粤语咬得非常准。苏林玲有感动有惊喜，更多是意想不到。这首歌的歌词写得非常美，旋律更是动听，苏林玲第一次听就迷上，她没有想到李庆远会为她去学这首歌，而且学得这么好：

愿意心痛苦

不装饰你的梦

别再将我心

反复地戏弄

宁愿我携着忧郁归去

像刚消失那阵风

别再伤我心

它伤得那么重

像块冰碎开

它显得太空洞

狂热与天真早消失了

在郁郁的岁月中

谁愿意一颗心永落空

谁愿意只装饰你的梦

宁任我的心

在长期地痛

亦不想给你抚弄

让每声叹息

消失于你的梦

让每点笑声

响于你的梦

曾为你献出的点点真爱

在空气内流动

…………

苏林玲陶醉在这凄婉的歌声中，她泪痕犹在地发呆。歌唱完了周围爆发出热烈的掌声，艳羡的、祝福的目光齐齐奔向苏林玲，她越发不好意思，赶紧低下头。李庆远变魔术般拿出一束粉色玫瑰，每一朵玫瑰都用粉色的柔纱缠绕着。他走到苏林玲身边搞怪地扬着脸，继续用粤语对她唱：“恭祝你福寿与天齐，庆贺你生辰快乐，年年有今天，岁岁有今朝。”

苏林玲不知说什么才好，只是含泪傻傻看着他，李庆远说：“小姐别太容易被感动，还有惊喜！”边说边递给她一个包装得很精致的礼物盒，里面是一串贝壳项链。有次李庆远回台湾给苏林玲带了一盒贝壳，她说：“要是串成项链该多漂亮。”没想到李庆远铭记在心。

“要不要带上？”李庆远一脸坏笑。苏林玲扫了一眼周围的人，有些害羞地摇摇头。

店主意大利老头走过来，用蹩脚的中文说着：“生日快乐！生日快乐！”还告诉他们今天的餐费全免。李庆远说：“那以后我们订婚，结婚，生小孩全来这里，希望你全给我们免费啊。”说得苏林玲的脸越发烫了起来，用脚在桌子底下直踢李庆远。

那一顿吃了什么，苏林玲根本没注意，那时满肚子的快乐，无论什么放进嘴里都是甜蜜。等从餐厅出来，已经很晚，路上的行人也不多，他们手挽着手走着。稍稍有些风，还挺大，把地上散落的紫荆花卷起来，又在空中散落开来。苏林玲偷偷地看了李庆远一眼，幸福满满地溢出来。她撒娇地：“你背我呀！”“要我背你也少吃点，这么沉，要是论斤算，我倒是划算。”李庆远不忘打趣。

从那以后，只要一提到浪漫这词，苏林玲就会想起那年生日，郁郁的歌声，粉色的玫瑰，精致的贝壳项链，还有风中飘舞的紫荆花，挥舞的纱巾。那一刻不止停留在时光里，而是刻在苏林玲心上，任凭岁月打磨，永远挥之不去。

何彩云说："都是些打发小女孩的东西，一点实际用挺好也没有。"她还说苏林玲喜欢错了歌，如果说当时喜欢的是什么《牵手》或者《我向你求婚》，估计李庆远想跑也跑不掉，一定会在身边乖乖俯首听命，相伴到老。可是苏林玲却偏偏喜欢这么悲伤的一首歌，或者是冥冥中预示，注定苏林玲只能装饰李庆远的梦，而李庆远只会让苏林玲的心痛苦。

有人说愿望在快要被实现时最幸福，如果愿望实现，人就变得患得患失。苏林玲李庆远在一起，步伐始终差一步，李庆远爱上苏林玲时，苏林玲还稀里糊涂，等她到幸福巅峰，李庆远已在患得患失。

有次李庆远公司组织去珠海，苏林玲跟了去，把他们公司业务部门没结婚男孩子的目光全部吸引住，吓得李庆远赶紧宣布主权："我可以帮你们了解一下我女朋友表姐表妹的状况，别的歪主意你们可想都别想。"

李庆远助理在一边取笑："李经理，你还没来的时候，管理部经理让我们公司所有待嫁女性严阵以待，结果我们天罗地网都没有网住你，你居然跑到外面发展。"

"我是牢记兔子不吃窝边草的教导！"李庆远应答得轻松自如，丝毫没有看到苏林玲的不安。可能他们公司的氛围如此，苏林玲却不知所措，同事善意也好，恶意也罢，原来她和李庆远的世界如此不同，原来李庆远如此受欢迎。对于自己位置开始岌岌可危的担忧，对于自己是否能够胜任爱人的伴侣的怀疑，苏林玲一点也不比李庆远少。

李庆远有个成都分公司的台湾老同事来玩。李庆远带他见苏林玲征询意见。同事说："我告诉你我们成都这边最近发生的一件事，有两个部门经理为了销售部一个漂亮女孩打起来，输了的很伤心。我却劝他，'你应该高兴，要知道娶漂亮的女孩回台湾并不是人人都可以享受的。我们周围的搬运工还会少？以我们的收入，台北、大陆两边买房子的可能性不大，大陆太太基本要等十年才可以批下身份，我们在大陆的任期，不超过六年，那么意味着，两夫妻这十年有很长的分居期，这样的高风险值得投资吗？'"这似乎没有带什么感情色彩的中肯话，却在李庆远的心里掀起惊涛骇浪。李庆远硬压下去的疑虑卷土重来，更加凶猛。

苏林玲并不知道李庆远朋友对他说了什么，影响有多大，只知道李庆远突然之间又从她的生活消失，消失得不留痕迹，无影无踪，开始苏林玲还有些着急打电话找他，手机没人听，传呼没有人回，座机电话打过去永远是助理，请她留言。苏林玲以为他出了什么事，着急忙慌问助理，得到的是人家的平静回答："不在办公室。"苏林玲终于明白，李庆远是要和她分手，而这次，他连面对她说分手的勇气都没有。

苏林玲不得不承认，何彩云是对的，一个对自己的选择都无法负责的男人靠不住。从某一方面来说自己真的爱错了，爱上了一个不愿为爱承担风险的男人。而这个男人也没有意识到：如今的世界，谁为爱都买不了保险……

第10章

北京到赣州飞行时间并不长，苏林玲感觉自己发一下呆就到。已经是下午四点多，她决定干脆找酒店住下，明天再去生产基地。苏林玲没有什么胃口，叫了炒粉当晚餐，她想好好睡一觉，却翻来覆去睡不着，往事如潮水般在脑海里奔涌。

当年放弃找寻李庆远之后，苏林玲跑到发廊剪掉了满头长发，留了个板寸头。看到堆积的落发，她非常痛快，终于剪掉这一地不被爱的挣扎。同时心痛得厉害，那是她的爱，原以为会开花结果的爱，却凋落得莫名其妙。如果他们之间吵过架，或是发生过什么不愉快的事情，苏林玲会接受得容易些。可是没有，他们前一天好得如胶似漆，可是一眨眼就变，都没有给人喘息和接受的机会。苏林玲怎么都想不明白，两个人在一起怎么可以说分就分，想合就合，好像孩子的游戏。

何彩云见苏林玲新发型，吓一大跳：“你怎么没有剃光？”

“找着接收的地方就剃。”苏林玲心如死灰。

“也好，也好，当吸取教训，现在我们更清晰认识到台巴子是靠不住的，还是要找我们大陆小伙子。”何彩云一副老谋深算样。

上次分手时，苏林玲虽然伤心，却依然保留着李庆远送的礼物和两人照片。这一次，苏林玲一把火，把所有的东西全烧了。正好那时何彩云有打算搬出宿舍和香港人同居，苏林玲决定一道搬，她不明白李庆远为何选择离开，却清楚地知道，李庆远是不会再回来了。她的这份感情来得突如其来，消失得也让人费解。

命运的安排有时很奇特，也正因为合租房子的阿莲，苏林玲才和简天明得以认识。苏林玲和阿莲一点也不熟，当时想搬出来，自己又没有办法负担整套房租，就随口在公司问问，结果阿莲就变成她的室友，阿莲能说会道，广州人，是销售部数一数二的得力干将。阿莲还煲得一手靓汤，苏林玲没少沾口福。她们两个不是一路人，共同话题也不多，可是住在一个屋檐下，私事还是多多少少相互透露。尤其那时何彩云明知香港人有老婆还搬出去和他同居，苏林玲气得不搭理她，自己又失意满怀，需要找人倾诉。

她们相安无事地相处了一段，互相也底细摸清。阿莲二十五岁，在当时也算大龄女青年，一直没有合适男友，因她大学毕业没有好工作，姑姑正好在中山，就让她过来试试，结果她就这样找到了合意工作。她喜欢中山胜过广州，希望在中山安定。当然找到伴侣是最好安定方式。姑姑有托人介绍，不是她看不上人家，便是人家看不上她，反正结果是一样没了下文。

这次介绍的硕士毕业，在中学教书，家境不错，父母都是知识分子，父亲还是一所学校校长，自己单独有套三室两厅的房子。阿莲对这些外在条件非常满意，就等约合适的时间见面，她还特地征求苏林玲的意见是否要换个发型。苏林玲仔细地想了想才建议如果要剪头发就赶紧去，一般剪头发过些天效果才好，烫发的话到临见面再说，烫发当时几天的效果好。

阿莲决定去烫发，烫发比较有女人味，自己平常风风火火的，给人感觉是个假小子。介绍人那天打电话给阿莲确定见面时间，阿莲不在公司，销售部文员代接的电话，写下留言："周二晚6点半佳佳西餐厅吃饭。"

粤语中一和二的发音，十分相似，刚到广东这边的讲普通话的同胞经常把二听成一，也就是说可能把星期二听成星期一，但是像那个文员把星期一听成星期二，还是第一次听说，而且因为她的误听而造成的后果更让人大跌眼镜。

星期一回来，阿莲草草地吃了泡面，就跑到朋友推荐的发廊去烫发。女为悦己者容真是亘古不变的真理。苏林玲羡慕阿莲至少她有动力去这样做。苏林玲也没了做饭心思，切了半个西瓜，窝在沙发，边吃边看电视新闻。

介绍人和简天明在佳佳西餐厅等到7点，依然没有看见阿莲。传呼机打了几次也不见回音。介绍人脸上有些挂不住，打电话给阿莲姑姑。莲姑姑一听，放下手头麻将，奔到西餐厅。阿莲依然还是传呼不回，人也没有出现。莲姑姑说："我家阿莲不是那种做事没有交代的，这里离她住得也近，要不我们上去她住的地方看看。"

苏林玲穿着睡裙打开门，见到莲姑姑有些奇怪。告诉她阿莲去烫头发了。莲姑姑有些恼怒："这个时候烫什么头发，约了人见面不知道？"

苏林玲看了一眼介绍人和简天明，顿时明白："她以为见面是明天。"

这时，阿莲电话打到姑姑手机，莲姑姑说："真的不好意思，她搞错时间，发廊里吵，没有听见传呼。她也快回来了，要不大家进去坐坐，叫些外卖吃，刚才大家在餐厅都没有吃东西。"

苏林玲一看这阵势，赶紧招呼他们进来，倒了茶水，切了西瓜，就溜回自己的屋。外卖来了莲姑姑招呼苏林玲一道吃："喝碗汤吧。"莲姑姑觉得自己刚才有些失态，便坚持着。苏林玲没办法拒绝起身换了条裙子再出来。简天明的目光一直火辣辣地盯着，让她好不自在，恨不得把这一大碗汤直接倒进肚子，可以离开。心里暗骂：这人怎么回事？分不清到底谁在相亲？

终于阿莲回来，她的新发型确实不错，给她增添几分妩媚，让人眼前一亮。可是简天明只是礼貌性地看了一眼，淡淡地打个招呼。趁人不注意，眼睛却偷偷朝苏林玲瞄过去。

那段时间下班回家，苏林玲总感觉有人跟着自己，回头却什么也没有发现，难道是李庆远又回来了？苏林玲不是很相信，虽然心里还有这样的愿望。李庆远做事向来令苏林玲摸不着头脑，她不断地问自己：如果他回来，自己还会接受吗？实际上答案都不用去想，苏林玲的心从来未曾偏离。

这天刚出厂大门，迎面走来简天明，他捧着一大束红玫瑰，看到苏林玲，结结巴巴："做我——女朋友，好不好？"

苏林玲仿佛夜半见鬼，跳了起来："你开什么玩笑？"

"我是认真的。"简天明满脸通红，神情严肃。

苏林玲啼笑皆非："拜托，我有男朋友，你要拍拖找阿莲。"

"你每天下班就回家，怎么可能有男朋友？还有，我也跟你同事做过调查。"简天明说得一点也不迟疑。

"我就是没有男朋友，也不能和你在一起，我和阿莲住一个屋，你不知道？"

"知道，不就是因为这样，我才认识的你？"

"那你还神经病一样？不行，就是不行。"苏林玲想也不想。

"你先别急着回答，你可以考验我。我等。"简天明好一番情深意长。下班的同事奇怪，也不凑过来，边上窃窃私语。苏林玲去跳河的心都有：我怎么遇上这样一个愣头青？

无论苏林玲怎么说，简天明跟着魔一样，基本上每天下班都来等苏林玲，有时还带些小礼物，苏林玲要是不收，他就一路跟着。苏林玲晕了：这要是阿莲知道，我跳进黄河也洗不清。

苏林玲急得没有办法，这样持续下去，早晚得疯。她不计前嫌地向何彩云求救，何彩云详细了解了情况后：“这个人其实比那个台巴子靠谱，你干吗不考虑一下？”

苏林玲恨不得打她两巴掌：“你胡说些什么，我跟阿莲这种关系，要和他好，阿莲不活埋了我？还有就他那副德行，天下男的都死绝了，我再考虑。”

“话别讲得太死，要给自己留条后路。”何彩云从来就没有个认真样。

“你到底帮不帮我想主意？”苏林玲气急攻心。

“你需要什么主意？也不想想你自己，拿面镜子照清楚，高中毕业，又是个来打工的外乡人，可以找个有房的本地研究生，烧高香吧你。就是你愿意，人家家里会让你进门？！”何彩云给逼急，恶狠狠地吐出一堆话来。

第11章

何彩云一句话点醒梦中人，苏林玲想到可以和平解决的办法。再见到简天明时，苏林玲笑嘻嘻地迎上去："我们找个地方聊聊？"

简天明以为耳朵出错，呆在原地不敢动。进了出租车的苏林玲朝他直吼："你到底上不上来？"

找了个餐厅坐下，苏林玲很真诚地说："你跟踪我这么久，我也看得出你的诚意。"简天明不好意思，低下头。

"可是我的情况你你还不是很清楚，你看这样行吗？把我的情况告诉你父母，如果你父母同意，我们再开始交往！"苏林玲态度越来越诚恳。

简天明有些跟不上苏林玲思路："我父母会同意的，我都快三十了，还没有谈过女朋友，他们急死了。"

"那样更好，你就去告诉他们。我自小没爸，家在农村，穷死人的地方，饭都吃不饱。我妈后来又嫁人，我和后爸关系不好，所以跑出来打工。你看我没什么文化，就做仓管工作。也不像你们广东女孩，会煲汤。好容易骗了个台湾人做男朋友，也给人蹬了。我就有一表妹，还不争气，做了人家的二奶。”苏林玲说得一气呵成，其实最后那句，她是想了很久的，说了好像对不住何彩云，不说担心分量不够，这条的杀伤力的确很大，可以以一抵百。

简天明无限同情地听完苏林玲的诉说：“没事的，你不要担心，我爸妈都是好人，一定会待你像亲生女儿一样。”苏林玲吓得差点给水噎死。

简妈还没有听简天明说完，就炸锅：“你从哪里认识的死妹仔，那个阿莲，哪点不好？我们和她姑姑知根知底，人家也大学毕业，娘家又近。”

“妈，在说我和阿玲，你怎么又扯上阿莲？我不是早告诉你们，我对她没有感觉。”简天明也有自己的火。

“我扯上阿莲？你当时相亲对象就是人家。是你扯上别人，儿子，婚姻大事不是儿戏，你找个乱七八糟的女孩子，今后要后悔死。”

“你干吗说人家乱七八糟，你都没有见过人家。”

“我们周围有哪家正正经经女孩和台湾人扯上关系，还有做二奶的妹妹，还好意思说出口。她怎样，是我说的？儿子，你用用脑，别鬼迷心窍。”

“我不管，反正我就是喜欢她。”

“那你也别指望我们同意。”简妈哭天抢地。

简爸在一旁冷眼看这对争执中的母子，类似的谈话几乎每天进行一次，连语调都没有变化。简天明从小就是一个让人省心的孩子，读书好听话。一路顺顺利利到大学，研究生毕业工作。唯一让父母操心就是婚姻事。身边的同龄人都当爸了，简天明书呆子一个，对女人仿佛有免疫力，不曾心动过。父母催急了，人家开始申请美国的学校，打算出国读博士去。简爸简妈一看，这要是出了国，结婚更不知猴年马月，何况他们也舍不得唯一的儿子跑到外面遭罪，尤其是他们觉得现在已经生活得很舒适。所以亲自帮儿子过筛选择，但总也无疾而终。这个阿莲，他们非常满意，是一心希望有个结果，谁知世事难料，结果是有，却不是他们所期望的。从心底，简爸蛮想见见苏林玲，到底是怎样的女孩可以让他从来都不解风情宝贝儿子开始明白儿女之事而且神魂颠倒。

简天明看到父亲这里似乎有希望，便朝这边找突破口：“爸，人家真是好女孩，你们要相信我。”

“就算我们相信你，只是你们才拍拖不久，就打算结婚吗？为什么急着要见家长？”简爸疑惑。

“我们还没有开始拍拖，阿玲说先要得到你们的同意。”简天明像做错了事的孩子。这个回答让简爸很意外，那一刻他马上就决定，一定要见见这个特别的女孩。

简天明这些天没有出现，苏林玲心里直乐，别说何彩云从来没有个正经，但是想出来的招真管用。她这些歪歪心思却不好好用自己身上倒是可惜。只是高兴得太早，简天明再次出现并说父母要见苏林玲，苏林玲难以置信："你到底跟他们讲清楚了没有？"

"讲得很清楚！"

"那怎么可能？"

"我妈是不高兴，不过我爸说他想见你，我妈的工作他会去做。"简天明没有花花肠子，也不想想自己这样说已经在这对未来可能的婆媳之间制造矛盾了。

苏林玲继续向何彩云汇报，何彩云也意外："就这样的条件，他父母也接受？那我也没招，估计你大概命里注定就是他们家的人。"

苏林玲正一肚子的怨不知朝哪里发，何彩云这话把她恨得，直接脱下高跟鞋去砸何彩云。

"要不，还是让人家看看你，人家要看上这么坏脾气的你估计也是奇闻。"何彩云边躲边说。

苏林玲听了一愣，随后穿上鞋子往外走。或者这是个办法，虽然并不见得很好。

见面的地方是皇宫茶楼，那天是周末，人潮汹涌。简天明接了苏林玲过来，两位老人已经等在那里。简爸穿着衬衣，简妈也穿了一套很喜庆的套裙。一看这打扮，苏林玲就知道他们对这次见面非常重视。何彩云这个主意太馊，这样兴师动众地麻烦长辈，苏林玲有些过意不去。苏林玲和平时一点区别也没有，甚至还不如平时，上班的时候她一般还会抹点口红。今天，素面朝天，套了件T恤，也是半新不旧的老款，穿着牛仔裤和拖鞋，实在是太对不住这种场合。

简妈看到真人，反而没有那么激动，苏林玲和她想象中的天上地下，这个女孩其实和邻家姑娘没有什么区别，只是稍稍漂亮一些。她几乎有些怀疑简天明告诉的情况，便开始一一核实。苏林玲答得很慢，她有些困惑，整件事都偏离了她预想的轨道，而且有越滑越远的趋势，她不知道要怎样才扳回局面。

简妈深深地叹了一口气："要知道，我们简家在中山，也算是大家族，阿明是争气的儿子，读书读到硕士毕业。我们没有指望他可以光宗耀祖，只是希望他找个门户相对的好女孩成家立室……"

苏林玲静静地听着，机会终于来了，她不卑不亢地打断简妈的话："伯母说得极是，天下哪有不希望子女好的父母，伯母不同意我十分理解。谢谢伯父伯母一起喝茶，我有事先走"。

苏林玲说完站起身，简天明急了，一把攥住她的胳膊："我妈哪里有说不同意？"

"你坐下，阿玲，我有话说。"没有作声的简爸终于开口。他一直在旁认真地观察这个女孩，凭他多年的阅人经验，一眼就看出来，苏林玲不喜欢简天明。至于她是出于何种原因出现在这里。简爸并不想去探究。他只是知道儿子喜欢这个女孩，三十多年儿子第一次死心塌地喜欢的女孩。这个女孩家庭条件不理想，但是女孩子确实不错，那股干净是从眼底透出的，绝对装不出来。简天明如果可以和这个女孩一起生活，也绝对是件幸事，她可以弥补他在性格上的很多缺憾。

苏林玲回到家，满脑子回响着简爸的话：“正如你讲，哪有不希望子女好的家长，我们当然也希望可以找到家世好的儿媳妇，可是，最最重要的还是人。如果是和阿明相亲相爱人品好的姑娘，我们当然会替阿明开心。阿玲，你一看就是聪明的女孩，你如果真心和阿明拍拖，我们都高兴，如果你另有打算，我们也不勉强，不要耽误大家。”

何彩云说：“你这回算是中了六合彩，有这么通情达理的婆家。”

“什么婆家，八字还没有一撇？你觉得我可以考虑他？”苏林玲心思不定。

“什么叫可以考虑。明天就直接把证领了，搬进他家得了。你要是错过了这个村，肯定没有下个店了。”

“可我觉得我不怎么喜欢他。”

“喜欢？喜欢可以当饭吃？你喜欢李庆远，人家把你当回事？动不动就不搭理你。女人啊，还是要找一个爱自己的，主动权在自己手里，就没有那么容易受伤。”何彩云说得很老到，仿佛很有经验。

第12章

苏林玲思前想后好些天，决定给大家一个机会，她不希望将来悔不当初。苏林玲先找到阿莲透气，阿莲酸酸地说：“恭喜，真是意外的收获，一点也不浪费，没想到我看不上的你倒是看上了。”

苏林玲给噎得半死不活，想想人家表现已不错，换自己还不一定做得到如此大方，便讪笑着不接话。阿莲说要搬到姑姑那里去住，免得浪费房租，也相互有个照应。苏林玲知道都是借口，可还能期望怎样，不搬开，大家日夜相对总也不那么自然，可是阿莲搬走，自己得重找合租的，不然难以负担房租。

简天明说：“搬到我那里去住吧，你也不用浪费房租。”苏林玲说：“就是捡便宜，也没有理由你起一个早，所有的便宜你全捡到。”简天明急得脸红脖子粗：“我不是那个意思，我那里有三间卧室。”“我管你什么意思，反正我不会搬去你那里。”苏林玲答得冷冰冰的。

多年后，苏林玲终于明白很多的事情人算不如天算，她和简天明上天注定要相遇要他们有故事。只是当年和简天明不咸不淡发展着，她鸡肋的感觉越发重，简天明是个超级宅男，更不知如何去讨好女朋友，如果说买了电影票，那一定是因为苏林玲说“我想去看电影”，日期和片名还要备注清楚，否则，就只有生闷气的份。更别说什么意外的惊喜和浪漫。苏林玲感觉不是在拍拖，而是身边多了个听指令的勤务兵。她常常闷得透不过气，就是和简天明面对面，她也经常想：我真的要和这个人走下去？

简天明生活本身就很单调，和苏林玲相处，他很享受，他的享受大部分来源于成功追求到了苏林玲，苏林玲虽然家事世背景没有什么值得炫耀，但是这个人却让简天明自信心大增。当然最重要的是他喜欢苏林玲，和自己喜欢的人在一起，什么都不干也是超级享受。他也感觉二人之间有差距，希望走得近些，也付诸努力，可是结果却是愿望始终是愿望，和现实的距离很遥远。

简天明收到美国纽约石头布鲁克大学的通知，他可以享受全额的奖学金在那里攻读博士。这曾是他的热切期盼，现在他却并不那么想，因为苏林玲，在自己熟悉的家乡，父母亲人都在，有不错的工作，还有深爱的女孩，简天明没有任何漂洋过海的原因和动力。简爸简妈更希望他放弃。苏林玲却鼓励他去，道理还一套一套。什么好男儿志在四方。年轻的时候不闯闯，老了就会后悔。生活在社会主义，可以有机会了解资本主义多好。叭啦叭啦一大堆理论。说得简天明心思摇摆，蠢蠢欲动。

简天明很认真想得很清楚，他要去美国读书，但去之前，他要和苏林玲结婚。“结婚，我们拍拖才几个月，结什么婚？”苏林玲原来想他去了美国，自己正好有时间和空间再考虑一下彼此的关系。“我们结婚了，你才可以以陪读的身份去美国，如果不结婚，我爸妈也不让我出国。”简天明说话总是言简意赅。

苏林玲都不晓得自己怎么走成这个样子的，现在就是水中央的船，进也不是，退更无路。何彩云说：“大好的事情怎么被你说得如此不堪？”“我要是结婚了，是不是和李庆远就再也没有机会？”苏林玲自己都觉得有些不可理喻。

“你就是不和简天明结婚，你和李庆远也不会在一起。”何彩云说得斩钉截铁。

“我知道，可是有的时候我想或者，或者……”苏林玲自知理亏，但仍有些委屈。

“没有或者，李庆远已经结婚了。”何彩云毫不客气地打断她。

“你怎么知道，你为什么不告诉我？”苏林玲激动异常，这是她和李庆远再次分开以来第一次听到他的消息。

“我有次吃饭碰到他的同事，他们说的，我怕你伤心，没敢告诉你。”何彩云尽量说得云淡风轻。

“你还知道什么？”苏林玲的心感觉不到痛，眼泪却纷飞得不由自主。

“那女的是台湾的，和他是同事，据说长得像周慧敏，性格也很温柔。你再怎么也漂亮不过周慧敏，还整天凶巴巴的，坏脾气。李庆远是不会想着你的，所以你也不用浪费眼泪。”何彩云一股脑地倒着，希望这样可以让苏林玲死心。

“知道了，知道了。”苏林玲却哭得更凶。

“行了，行了，你是快要结婚的人了，要喜庆些！”何彩云的口气很不耐烦，心里其实也和苏林玲一样痛，有情人成眷属的终究不多，自己也苦苦地挣扎于其中。和香港人由开始的逢场作戏，到现在的动真情，何彩云越来越没有主动权。

简家本来也只是普通的人家，只不过是在当地亲戚多一些。虽然婚事有些仓促，但还是准备得过来。苏林玲对广东的礼节和风俗一概不知，所以乐得清闲，简妈怎么说怎么做都好。简爸简妈希望苏林玲妈妈和后父可以来参加婚礼，算是亲家认识一下。苏林玲却想也没有想就拒绝：“办结婚证的时候要回家乡的，他们不用过来。”

“你出嫁时总得有个长辈在场，不然亲戚朋友都要笑话。”简爸、简妈面面相觑。简妈的心一直往下沉，这不是正常家庭长大的孩子，对事情的反应就是与众不同，和他们家更是格格不入，这才是刚开始，后面的情形更没有办法去想象。

“那叫我姑姑来。”苏林玲低头想了一会儿。

苏德香听说苏林玲要结婚，而且结婚对象这么理想，兴奋得觉都睡不着，祥林嫂般地见人就唠叨一遍。何大壮提醒她要嫁的不是她女儿。苏德香说：“这比我自己嫁女儿还要开心，我要去给我爸妈，还有我哥烧纸，让他们保佑玲玲一切顺顺利利。”

当初何彩云带着苏林玲离开家乡去中山打工，而且一去就再没有回来过，为这事林玉芳没少埋怨苏德香，苏德香心里说还不是因为你们对玲玲不好，可是碍于嫂子对自己的好，怎么也不敢说出口，只有默不作声忍着。这回算是扬眉吐气，苏林玲可以嫁得这样好，还不是因为何彩云带她出去！

苏林玲让苏德香去参加婚礼，她更觉得脸上有光，虽然也为林玉芳难过，毕竟林玉芳是亲妈，林玉芳倒是看得很开：“算了，她可以找个好人家嫁，是她的福分，我也算是给德胜有个交代，我去不去婚礼有什么关系！”

苏德香大包小包地从汽车站走出来，看见何彩云竟然开着小轿车来接她，她的心一下子跌入谷底。看来乡亲们的传言是真的。自从何彩云跟着一帮老乡跑到中山来打工，传言就没有断过。开始做工厂就有人说因为何彩云长得好看，所以工头对她偏心。后来换到酒楼做迎宾，人家说得更欢，要不是长得漂亮，怎么可能找到那工作。不过那是事实，何彩云是长得不错，身材更不错，又高又丰满。

何彩云对苏德香说：“我又没偷没抢，长得好看碍着谁，谁爱说让人说去好了。”苏德香听了女儿的话，的确是释然好多。可是后来人们的话越来越难听，说彩云给香港人包养，那香港人还是有老婆的。苏德香每次问，何彩云都是含糊其辞，这让她更加不安。想着这次正好借苏林玲的婚礼来看看，问个清楚。现在看来不问也罢，再怎么赚钱，也不可能买得起小轿车。

何彩云见苏德香兴致不高，心里也明白八九分，就说："妈，我的事情我后面再跟你们交代。现在玲玲大喜，我们一起开开心心先帮她办婚事。"苏德香长叹一声，没有接话，不这样又能如何?

简爸和简妈请苏德香吃饭，一起商量婚事具体事宜。简妈一看苏德香，就不由自主叹气。吃饭的时候，更是鸡同鸭讲谁也听不懂谁，苏德香普通话都不是很会讲，更何况粤语。苏林玲看见简妈不待见姑姑的神情，很受伤，就一语不发。还好有何彩云，她的粤语地道得像当地人，再加上言语幽默。倒让简妈对她减了几分不屑。

何彩云大包大揽："这边的规矩我们也不懂，就不参与，你们怎么办都好，我们这边就按我们家乡的风俗办。新房我们也去看过，装修还是很新的，阿明马上又要出去读书，就不用改动，少的家具和电器，我们这边陪嫁。酒席你们办，给我们留一桌就好。如果需要我们再做什么，你们尽管开声，我们尽力配合。"

苏林玲的脸一直挂着，简天明知道她不高兴，却不晓得问题出在哪里，只有小心翼翼地陪着。简妈看着儿子不争气的样子，心里的不快又堵上来。简爸依旧豁达地圆着场，心里感叹：这世间真是一物降一物，愣头青儿子竟然也会看脸色。

吃完饭，何彩云带着苏林玲去挑婚纱，忍不住："你干吗甩着脸，大小姐，这是你结婚。”

“噢，大家都知道是我结婚，凭什么他妈一副瞧不起我们家人的样子？”

“你不要那么敏感，如果他妈真的心里有这样，那我们是不是应该做得好些，让人家另眼相看一下，你这样赌气，不是更让人瞧不起？”

苏林玲默不作声，她突然觉得有些害怕，婚姻究竟会给她带来什么，她所期待的只不过是一个完整温暖的窝。

第13章

拍婚纱照，挑家具、电器，买结婚礼服和首饰，苏林玲忙得团团转，要不是何彩云帮搭着，她觉得自己要散架，结个婚怎么这么麻烦。何彩云比对待自己结婚还要积极，没有一个场合落下，而且意见多多，感觉比苏林玲还要认真。苏林玲的婚纱和中式裙褂是租的，何彩云说那旗袍就要定做，苏林玲一看价钱，三千多块，立马不干：“太贵了，就穿一次，还是租吧。”

何彩云说：“结婚也是一辈子一次，总得给自己留个可以纪念的东西。”便自作主张把订金放下。给苏林玲订的那件是大红的，她自己也订了件金黄的，说伴娘也要穿得体面。苏林玲得了妈妈和姑姑两套黄金首饰做陪嫁，妈妈另外捎了两千块。自己存的钱，家具和电器一买几乎见底，本来还不打算收妈妈的钱，现在连说这话的底气都没有。结婚原来是一场浩劫，把口袋刮个精光都还没有止限。

那天去周大福挑婚戒，苏林玲随口夸橱窗里的那套钻饰好看，结果何彩云把它买回了家。十几万人民币，贵得离谱，苏林玲一想到这钱是从香港人那里拿的，心里的火就烧起来。死活拉着何彩云去退。何彩云倒也不急："我只是借给你，到我结婚的时候你再还给我。"苏林玲给她说得无语，而且后来那套钻饰在婚礼上也确实起了很大的作用。

广东似乎流行结婚送首饰，婚礼那天，苏林玲几乎给金手镯，金项链，给堆得看不见脸，更别说妈妈和姑姑的那两套首饰。只有那套钻饰，在那里闪闪发光。给苏林玲赢回不少面子。简家亲戚纷纷议论：这新娘家虽说是外地农村的，出手倒是很大方。苏林玲也终于稍懂何彩云的良苦用心，何彩云想花钱给她在简家买些地位。到何彩云死后好久，苏林玲又突然想，彩云或是真把苏林玲的婚事当成自己的办了，在潜意识里，她知道今生不会有自己的婚礼。

苏林玲一直觉得自己很坚强，无论面对什么她都比较坦然。但何彩云走后，她细细地去理往事时才发现她坚强是因为她的生活简单。她从没有面对过彩云面对的那种复杂的境况。她结婚时，何彩云一边顶着自己私事上父母给的巨大压力，还一边一如往常尽心尽意给她操办婚事。想起婚礼上，何彩云那镇定自若的笑容，比她还年幼的彩云才是真正的坚强。

苏林玲一早醒来，头痛得厉害，吃了两片泰诺，赶到基地。赣州基地的厂长是苏林玲亲自招聘的，人做事也很实在。不过对于要将产品到中国销售的事情并不是很积极。原因谁都知道，这加工作量不加工资的活谁愿意揽。厂长秘书刚大学毕业不久，对苏林玲佩服得不得了，一口一个玲姐叫得十分亲切。苏林玲从她身上仿佛看到当年的自己，对她尤其纵容，每次带的笼络人心的小礼物她的总是最好。

小秘书毫不客气：“玲姐，你干吗揽这差事，干得怎么样还不知道呢？”“就是因为不知道，说不定我们会取得很大的成功，到时大家的年终奖，数得手抽筋。”苏林玲口气全是调侃。“希望噢。”小秘书撇撇嘴。厂长听到年终奖，脸色有些变化：“那要是没有什么销售不是白干了？”“什么时候让你白干活了，事情还没开始就这么没有信心？”其实苏林玲自己心底也是一点底都没有。厂长笑笑没有再接话，把准备招的设计师的资料递给苏林玲看。

苏林玲忙了几天，事情稍稍开始有点头绪。晚上可能是因为时差，也可能是想太多，她睡得很不好。想着何彩云的忌日快到，苏林玲决定周末去趟深圳，看看姑姑姑父，给何彩云扫墓。

一晃何彩云走了八年。当初听说姑姑姑父把何彩云葬在了深圳，苏林玲百般不情愿，她希望彩云可以和奶奶葬在一起。这个世上恐怕只有奶奶是对彩云最好的人。苏林玲一直觉得自己好可怜，没爹疼，没娘爱。彩云走后，她一遍又一遍地回忆她们在一起日子，却觉得最可怜的是何彩云，彩云和父母也不亲，因为不在身边长大，后面又有弟妹。姑姑对彩云更是希望通过她可以偿还一些对娘家的情债，自小就给她灌输，要让着苏林玲。奶奶的最爱是苏林玲。再后来，彩云和香港人好，香港人从头至尾就没有娶彩云的打算，连自己的感情彩云都没有当过主角，她一生仿佛都是别人的陪衬。

何彩云死后，据说香港人后悔得一塌糊涂，跪在苏德香何大壮的面前，承诺给他们养老。并在深圳买了一套房子。二老开始不愿意过来，可是后来想着看外孙星仔方便，换个环境也好些，加上那时彩云的弟弟家也安在深圳，便同意了。

苏林玲对这些，一点感觉也没有，香港人再做什么，何彩云也活不过来。他做什么不过是为了让自己的良心安歇。虽然他没有强迫何彩云做什么，苏林玲却坚持认为：虽不杀伯仁，伯仁却因你而死，所以罪过还是在你身上。

有时苏林玲觉得这样想是为了减轻自己的罪孽。何彩云在苏林玲生活中的作用毋庸置疑，几乎可以算帮她决定人生道路。可是自己从来没有帮过何彩云，唯一做的事就是决定星仔的去留，星仔的香港身份拿到后，香港人提出让星仔去香港读书，说他太太已经知道并接受星仔。当时香港人已经结束大陆的生意，也很少来看彩云和星仔了。何彩云说怕星仔去了香港之后就不会再回来，也不会再亲她这个妈。

那时的苏林玲还没有做母亲，根本不知道母子骨肉分离的剧痛。只是看到这是何彩云开始自己正常生活的绝好机会，星仔去香港也可以受到更好的教育。她不停地劝说，说好的教育条件对孩子如何重要，再加上香港和中山也不远。还有两母子的感情哪有那么容易隔离，星仔又不是小宝宝。苏林玲几乎把那件事当成项目来做，搜肠刮肚寻找理由，期待可以说服何彩云。

何彩云只是沉默，和她平时性格大不相同。苏林玲觉得是自己说服力不够，还拿了小时候看的台湾电影《妈妈再爱我一次》做例子。那个妈妈为儿子前程，毅然做出牺牲，全然忽视那个故事也是个无法挽回的悲剧。

何彩云在送星仔到香港好多天后，才装作若无其事跟苏林玲提了一下。苏林玲暗自高兴，终于何彩云采纳自己的意见。她激励何彩云去寻找新生活，却没有想到何彩云心中从来没有放下过。随着星仔去香港的时间越来越久，何彩云没有如大家所愿开始新生活。大家都认为这只是一个时间问题，却不料何彩云似乎越来越不接受星仔离开。在星仔连着两次周末有课外活动没有回中山看她时，她选择了激烈的方式离开人间，对任何人都没有留下片言只语……

这是苏林玲第二次来深圳，第一次是何彩云自杀后的那年夏天。那次飞机到香港已经是傍晚，等苏林玲坐车过了皇岗口岸，进入深圳市区的时候，华灯初上，一片辉煌。这个新兴的城市，无论是城市规划还是绿化工作都做得很好，夜景更美得一塌糊涂。苏林玲一路欣赏，透过车窗进来的海风带来丝丝凉意。让她有些恍惚，仿佛何彩云还在人间，她是来赴约，在这个美丽的城市，和彩云相约喝茶叙旧。

这一次是深圳最漂亮的二月，到处是盛开的紫荆花，似乎是刚下过雨，街道异常干净。苏林玲从深圳机场出来，感觉有些闷热，竟然有些像夏天。这广东的冬天，仿佛一年四季集中在一块，相互拉扯着轮换交替，让人有些应接不暇。苏林玲突然想起何彩云曾经说觉得中山太小，期望到大城市去生活，如今这种方式的驻留是否也算完成她的心愿？

第14章

姑姑他们住在蛇口区，因为方便星仔从香港坐船过来。相对而言，那里是繁华深圳的静谧异类，那边的高楼少些，房子也显得老旧，和热闹的罗湖区比简直两个世界，但苏林玲却非常喜欢。

知道苏林玲要来，何大壮已经等在楼底下。苏林玲一眼看见风中姑父扬起的白发，鼻子一阵发酸，赶紧上前：“在家里等就好。”

何大壮憨憨地笑着，接过她手中的行李：“你姑姑要求的，不下来就骂我，她风湿关节炎犯了，不然自己下来。”

苏林玲还是母亲葬礼那年见过姑姑姑父，差不多也四年未见，他们老了挺多，精神状态还是蛮好。姑姑不停地跟她絮叨着家事，什么彩云弟弟的孩子也上学了，彩云妹妹两口子在关外龙岗区开了个小餐馆，生意不错。苏林玲懒懒散散地听着，心里却异常安然。这就是家的感觉吧，自从奶奶死后，苏林玲从来没有觉得自己有过家。

何大壮忙着给苏林玲夹菜：“辣椒炒猪肠。你在外边很难吃到。”没有什么亲热的言语和举动，对苏林玲来说，却是世上最温馨的感觉。

吃完饭，苏林玲拿出一张支票给苏德香：“我没有买什么，你们自己去买自己喜欢的。”

“我不要，我有钱，中山那房子一个月租金两千多块，这边房子也付清，我们吃不了什么。星仔他爸还给生活费，还有彩云的弟妹也给钱。”苏德香忙不迭说着。

“留着，万一有不舒服，你们没有医保，现在看病又贵。”苏林玲坚持着。

“我们就想着和你妈那样最好，一口气没透过来，就走了，又不折腾小辈的。”苏德香话出口，觉得自己失言，赶紧打住。

苏林玲装作没听见笑笑，转过话题：“那给星仔买点东西，星仔现在好大小伙子吧。”

“是啊，现在跟我们没有话说了。一天到晚端着个什么‘爱拍的’。”一说到星仔，姑姑的兴致又转回来。

苏林玲喜欢和姑姑聊天，也喜欢和姑姑呆一起。姑姑虽然没有文化，可是她们之间却没有隔阂，姑姑对她的疼和爱就在那里，真实得可以抓到摸着。遇到坎坎坷坷，苏林玲总是会想到姑姑，即使知道姑姑给不了自己任何实质性的帮助，可是困难的时候哪怕听听姑姑的声音，苏林玲的心也会平静好多。这种感觉在何彩云离开人世之后越发强烈。苏林玲和母亲似乎从来没有这么亲近，最后相处的几个月，母女关系大有改善，苏林玲一直以为她们会有更好的发展，可是命运没有给她这个机会。

尽管搬了新家，苏德香还是给何彩云留一了间房。和她生前摆设一模一样。梳妆台上有两张照片，一张是她和星仔，星仔那时大约三四岁，紧紧地搂着妈妈的脖子。苏林玲想那个时候的星仔，妈妈应该是他的全部。另一张是何彩云和苏林玲，苏林玲婚礼上的照片，苏林玲穿着大红旗袍，何彩云穿了那件黄色的，两个人都笑得好灿烂。苏林玲愣愣地盯着照片，自己曾经这么年轻过？这么开心过？如果岁月不曾流过有多好！

苏林玲信步走到窗前，窗子正对着两棵木棉树，树的顶端正盛开着艳丽的花朵，树底下散落着一些鲜红的花瓣。那是彩云生前最爱的花朵，现在却是花在枝头独自败，深意一片空待了。

邻居家断断续续地传来一首梅艳芳的老歌：

誓言幻作烟云字

费尽千般心思

情像火灼般热

怎烧一生一世

延续不容易

负情是你的名字

错付千般相思

情像水向东逝去

痴心枉倾注

愿那天未曾遇

只盼相依

哪管见尽遗憾世事

渐老芳华

爱火未灭人面变异

祈求在那天重遇

诉尽千般相思

祈望不再辜负我

痴心的关注

人被爱留住

祈望不再辜负我

痴心的关注

问哪天会重遇

苏林玲的泪随着凄婉歌声潸然而下，这是何彩云离开后她第一次哭。已经不再是为何彩云的离去而哭，她已经习惯没有何彩云的日子，她哭的是这么多年独自走来的孤独和辛酸，她哭是因为她不知道什么时候可以再次相见，也不知那喝了孟婆汤的彩云是否还会记得她，她哭是想如果何彩云知道她如此地惦念，何彩云会不会后悔当初的举动，她哭是想知道黄泉路上已经走得很远的何彩云是否许愿与她再相逢……

杰夫到赣州公司来和苏林玲会合。杰夫做事总给人漫不经心的感觉，他把今年冬装的一些设计草图交给苏林玲，苏林玲有些吃惊。她没有想到就这么短短的几天，杰夫竟然会有这么大的工作成果，同时也暗暗地佩服他敏锐非凡的洞察力。苏林玲为自己对他长期的偏见不好意思。基地厂长看了这些设计，也觉得不错，大家商量着如何投产和量的问题。服装行业就是如此，夏天还没有到，就开始着力于冬装了，日历总是要跨前一步。

回纽约的时候，苏林玲对杰夫的抵触情绪降低好多。杰夫也似乎感受到，竟然对她说："你怎么看上去心事重重，是和你的深圳之行有关吗？"

苏林玲笑笑没有作答，心里说：我不排斥你，并不代表你可以闯入我的私生活。从小到大，苏林玲基本就没有朋友，她已习惯，不去和别人倾诉，在她眼里倾述只会让问题复杂化。

纽约刚下过一场大雪，到处白茫茫一片，从机场出来，苏林玲感觉有些晕，想深圳还可以穿短袖，回到纽约却还是冬天，人的一生似乎也是如此，起起落落，变化无常。

天气不好，等出租车就得排长队，杰夫提议他们同一辆车，先送苏林玲回家。苏林玲想这家伙还挺会体谅人，不像平常嬉皮笑脸。

到家都快十二点，苏林玲开门时，看见简天明走下楼。由于她经常跑中国，所以简天明也从来不接不等她，所有一切均按平常程序走。她有些奇怪：“这么晚还没有睡？”

“过几天要去巴尔的摩开个会，在准备材料，路上顺吗？”

“还好，你先睡吧，我去看看宝宝贝贝。”

从贝贝房间出来，苏林玲准备洗个澡，却发现简天明站在走廊上，若有所思，“怎么了，有什么事情？”

“贝贝的老师说让我们带她去做个测试，因为贝贝目前无法跟上同学的进度。”

“怎么会？什么进度？他们学前班教了什么？”苏林玲的心一沉，虽然他们对贝贝与普通小孩有点不同也有些察觉，但是差别也没有很大，总也想大些就好。

“你先别急，只是有这个可能，贝贝智力有些滞后，先做了测试再说，更何况也不是不可以补救的，小孩子的发展会有先后之分。”

苏林玲叹了一口气，“什么时候做测试？”

“下周五。”简天明走过来轻轻拍拍她，“没事的，当初来美国，那么难，我们都过来了。”

“这是同一回事吗？”苏林玲气不打一处来，瞪了他一眼，“不过，做测试也好，免得在心里乱猜。”

苏林玲在国内一直没有休息好，回美国来加上时差和贝贝的事情更加无法安睡：生活怎么总是这样，这个问题还没有解决，另外一个又出来了。对于孩子，苏林玲付出的时间和精力都少，总有一种无言的歉疚，尤其贝贝和别的小朋友有些不一样，苏林玲总是不自觉地认为那是自己的错，自己为孩子做的太少，只是不知如何才可以补救。

见到迈克，苏林玲汇报了目前的进度及打算。目前国内的代理对于没有名气的产品，还要厂家出广告费用，与那些名牌产品待遇简直就是天上地下，所以他们决定目前先不找代理，等产品有一定的知名度，让代理来找他们。先参加一些服装展销会，看看效果如何。再成立公司网站，试试网上的销售。

迈克想也没有想就投赞成票，同时还不忘说一些鼓励和赞赏的话。苏林玲提出想休假两周，迈克也是不假思索地批了。苏林玲每次的建议和要求，不管是私人还是公事，老头都答应得很爽快，这是让苏林玲死心踏地为他干活的动力。

第15章

苏林玲准备了一下自己休假时期公事上的交代，就已经中午，同事基本都出去吃饭了。她想去下洗手间再填肚子。洗手间隐隐约约有细声啜泣声音，苏林玲吓一大跳，仔细一听，似乎又没有，等她想离开，声音又响起，苏林玲大声问："有人在吗？"

回答是一阵静默，苏林玲一间一间门敲过去，终于最后一间传来桑蒂哽咽的声音。苏林玲赶紧把她拖了出来："怎么了，发生什么事情？"桑蒂上气不接下气："没事，没事。""没事你哭成这样，说出来大家一起想办法，谁还不会碰难事？"桑蒂平静好一会儿，告诉苏林玲，她老公失业三个月了，现在和热锅上蚂蚁一般，天天找茬吵架。"大男人失业，心情肯定不好，你也就体谅些，经济上没有问题吧？""还好，公司有补偿一年的工资。""那就慢慢来，他这种情况是不是还可以拿政府的失业补助？""政府的补助，一个月还不够买一个包呢。""你这时候还惦记着买包，还能不吵架？""我只是比方，我们昨天吵是因为他说在纽约找了这么久都没有找到，想到别的地方试试。”“这样很好，或者别的地方他会有更好的发展。”“美国还有比纽约好的地方吗？还有我两个孩子都在高中，现在怎么换地方？”

“事情不是还没有到那步？等他确定了要去外州工作再说，你没有在别的地方生活过，怎么知道纽约最好？人家说加州不仅有纽约的好，还有比纽约还好的气候！你大孩子今年秋天就上大学，小的也就明年，大不了两地分居一年半载，等他们都上大学，你再过去。不会是你们老夫老妻不能分开这么久吧？”

桑蒂给苏林玲逗乐：“还不能分开？我巴不得马上分开。”她叹了一口气，“阿玲，我还就奇怪，怎么什么事到你这里就变简单。”

“谦虚地说，那是因为我能力超群。”苏林玲松了一口气。

“说你胖，你还喘上！”桑蒂白苏林玲一眼，“好羡慕你，多幸福，好像从来没有烦恼。”

苏林玲笑笑没有接茬，心里说：我的烦恼还少？我还一直艳羡你的生活。她想起来一句话，生活就是剥洋葱，总有一片会让你流泪。幸运的人令他落泪的只有一两片，苏林玲觉得自己的生活洋葱每片都让她泪流满面，只是她没有办法和桑蒂说，完全不同的境遇和性格，理解起来会很困难。

桑蒂也是十分不情愿和苏林玲诉说心事，她自我感觉高苏林玲一等，如今却落到要给苏林玲看笑话的田地，对她来说简直是一种耻辱。她希望可以快速地结束她们的谈话或是转移话题，这样她的自尊也可以得到挽回。苏林玲不接茬，从某种程度上让她感受到蔑视。即使刚才苏林玲的建议她觉得还比较中肯，也依然不能减免她的感受。为了平衡自己心态，她又开始夹枪夹棒地一通乱打："你看你，多好的命，才从国内观光回来，又开始度假，真是同人不同命，人比人，气死人。"

苏林玲只好尬尴地笑笑，走开，有的时候确实是多一事不如少一事。自从苏林玲开始工作，她似乎就没有停下来过，不仅要做好工作，还忙着读完了社区大学，考会计师，还有一些相应的证书。即使是休假，她也忙得不亦乐乎。像这次没有什么特别的事情休假，还是第一次。

无论是宝宝还是贝贝，除了怀孕之外，他们和简天明待的时间不知道要比和苏林玲呆在一起长多少，苏林玲本身就是一个不是很有耐心的人。孩子简单直接，和谁在一起，谁对他好，就给予相应的回报。苏林玲经常出差，他们对于这几乎都没有感觉，只在乎妈妈会带什么礼物回来。苏林玲觉得孩子和她之间有隔阂，如何去消灭这些隔阂她却不知。

简天明出差前把每天的课外活动列了详细的时间表，对苏林玲交代，如果有需要，就向他求救。苏林玲笑他，又不是婴儿，没有那么玄乎。可事实却超出苏林玲的想象，原来对付两个幼儿的精力绝对要超过两个婴儿。每天早上叫他们起床梳洗，就让苏林玲怒火万丈，小朋友拖拖拉拉，唧唧歪歪一大堆莫名其妙的要求。一会儿再睡五分钟，一会儿不要刷牙，挑件出门的衣服可以花掉整整十分钟。苏林玲好容易积攒下来的耐心给挥霍得所剩无几。在苏林玲的高声叫喊连带威胁恐吓下，她终于踩着上课的铃声把他们送到学校门口，苏林玲像打了一场仗般辛苦。

苏林玲匆匆赶回来稍做休息之后，又发现接他们的时间到了，赶紧接了他们，一个送学跳舞，一个送学钢琴，还不是同一个地方。等他们结束，回到家已经快六点，一进门，两个小家伙，此起彼伏地喊饿，她给吵得晕头转向，只好叫外卖披萨。叫外卖的电话放下没有两分钟，门铃就响，苏林玲感叹这办事效率真是太高了。开门一看，门外却是简天明的老同事老上。

老上说因为家里做了蒜苗炒腊肉，给送了点过来。苏林玲赶紧把老上让了进来："我还正巧拣了一堆宝宝们穿不下的衣服，说找时间给你们送去。"

老上憨厚地笑着，拿了衣服，却并没有想走的意思，在那里和孩子们东拉西扯。苏林玲愣了一下，马上反应过来。想起这时间眼看着就要交地税，从老上他们买房子起，他们每年交地税的时候都要来挪动一下钱。因为基本是简天明管账，苏林玲只是知道这事，从来没有经手过，估计老上看到简天明不在家，又不好意思明说。苏林玲赶紧上楼查了一下账上的钱，然后签了一张五千块的支票。老上接过支票有些不好意思，说三千就够。

苏林玲笑笑："已经签好了，先用着再说。"

老上千恩万谢离开。苏林玲看着他的背影，想说什么，终于还是忍住，若有所思地继续干自己的活。两个孩子吃完披萨，然后疯一阵，再把洗手间弄得一塌糊涂，转移战场，跑到主人房大闹天宫。苏林玲了一个劲地在喊："作业时间，作业时间。"两个小家伙全然没有听见，继续疯玩着。气得苏林玲拿起扫把，说谁不听话就打谁，总算把他们镇住，嘟嘟囔囔十分不情愿开始做作业。

简天明打电话来时，苏林玲第一句话就是问："你什么时候回来？"

简天明一听就笑了："搞不定吧。"

"是啊，是啊，这比上班还恐怖啊，我真不明白你每天怎么对付他们的？"

"我们才两个，你看人家老上，他们还三个男孩！"

说到老上，苏林玲把他来过，并借给他五千块的事情。简天明说："哇，你一出手就五千，好大方！"

"我又不知道你们平常是多少，他是说只要三千，我懒得改了，人家又不是不还。"

"他年初还借过一千，说是他妈病了。"

"这样啊，他要是不记得，你别提了，算是我们孝敬老人家。老上这些年帮了我们多少忙。"

"老婆，我真的命好，娶了你。"简天明不无感叹。

“你别又跟我瞎扯，我们正说老上。”

“就是和老上比，我才觉得我命好。”简天明说得一本正经。

苏林玲明白简天明想说老上过得不好是因为太太，可是老上真的一点责任也没有？老上似乎宁愿接受紧巴巴过日子，也不愿现在的太太出去工作。都已经过了不惑之年的老上似乎还在迷惑之间转悠，似乎还没有弄明白红杏出墙和工不工作没有关系，有关系的应该是个人的性格。而且人和人是不同的，不能说某一个人在这个位置时做了不该做的事情，那么以后坐这个位置的人都会犯一样的错误。可是这些话她没法去和老上说，老上一朝被蛇咬，十年怕井绳……

第16章

苏林玲刚来美国，就认识老上。老上其实姓孙，拼音是SUN，和英文单词太阳的拼写一样，所以外国人每次都叫他“米斯特上”，苏林玲听着就乐，直接叫他老上。

简天明当时为迎接苏林玲的到来，搬出了地下室，和另外两对夫妇合租了一套三卧室的公寓。其中一对就是老上夫妻。老上那时的太太叫肖梅，长得不很漂亮，但是身材前凸后翘，极具女人味。老上已经博士毕业了，在学校实验室上班，肖梅是老上从中国“搬运”过来的新娘，听说第二次正式见面就结婚了。

肖梅比苏林玲早来几个月。同屋的另一对夫妇，两个人都在读博士，女博士自然比苏林玲和肖梅她们多了一层优越感，这优越感体现在他们房租多付了两百块，住的是主人房，洗手间是单独的，而苏林玲和肖梅他们是要合用洗手间的，还有人家买了车，每次去中国城法拉盛买菜，苏林玲和肖梅都要搭他们的车。

女博士自觉高人一等，和她们没有什么话说，作息又和她们也不一样，所以很少和她们搅在一起。苏林玲和肖梅境遇一致，自然而然脚步一致。肖梅早来一些，很多东西比苏林玲知道得多。她说要去找餐馆打工。苏林玲说："我老公说先学英文，再去读书。"

"读什么书？我可不是那块料，还不如到餐馆打工实在，进的全是现金，还不用交税。"肖梅很不屑。

"我们不是没有工卡？那算不算黑工？"苏林玲有些担心。

"人家邓小平说：管他黑猫白猫，会抓老鼠就是好猫。我们现在是管他黑工白工，可以赚钱就是好工。"肖梅斗志昂扬。

没过几天，肖梅告诉苏林玲，听说附近的巴蜀园餐馆两个招待辞职，要不要一起去试试？苏林玲听着来劲，中餐馆，对英文应该要求不高，凭着自己在国内还在大酒楼干过一段服务员的经历，应该没有问题。

巴蜀园老板是台湾人，货真价实的材料学博士没有毕业，不知道当初怎样想，反正就是没有读完博士，放着到手的学位不拿，和太太开了这家餐馆，几十年下来，餐馆规模翻了三番，儿子女儿全上了名牌大学。老板和老板娘也步入夕阳之列。这个中的得失、苦甜旁人是无法评说的。

老板一看苏林玲和肖梅，就知道她们没有合法打工的身份，餐馆就在大学边上，这样的人太多，他曾经雇佣的也不少。想也没有想就问她们何时可以来培训，培训合格后正式上班才有工资，工资是底薪加小费。老板娘旁边闪了一下，冷冷地加一句："又是干不长的。"

苏林玲回到："我会干很长时间的，在国内我也干过酒楼服务员，整整一年。"

"我没有说你，别激动。"听见回复，老板娘又闪了回来。

苏林玲顿时明白了怪不得人家干不长，原来老板娘很刻薄。其实相处之后发现，老板娘并不刻薄，只是说话不属于柔和之辈。也有可能是因为更年期，那个年龄的女人见着妙龄鸽子都一肚子火，更何况不仅青春还漂亮的女孩。

肖梅对这份工作得心应手，几周下来，和厨房的师傅混得老熟，回头客特别多，小费自然比别人多得多。她似乎也很懂替客人着想，比如一看就是穷学生，推荐一些实惠的菜和套餐，要是有钱的主，锦上添花，让人家有机会显摆。外国人，知道他们对中国的饮食是不太可能有很深刻的认识的，尽量从简单的符合他们口味的小吃开始。

老板对肖梅的工作十分满意，还悄悄和老板娘说，要是每个人都像肖梅那么能干就好。

老板娘冷冷地回道："希望她给你添麻烦的时候你也这样说。"

"你这乌鸦嘴，她就一端盘子的，可以弄出什么麻烦来？"

"你看看她那风骚样，你等着吧，第一次看她，我就知道她不是省油的灯。"

有过端盘子经验的苏林玲却差得不是一点两点。首先国内端盘子的是不管点菜的，这里得全管，苏林玲凭着自己一腔热血，把每位顾客都当成亲人，一个刚倒过时差，天天把美金乘以八换算买东西的博士陪读生。觉得每个人都叫一盘炒饭就足以。想想这炒饭算上税和小费，都赶上一百人民币了。要知道一百人民币当时在国内的小餐馆可以点上一桌子的饭菜。

苏林玲的好心并没有得到顾客的赞同。这虽然是中餐馆，但很多外国人也光顾。苏林玲英文不好，一见外国人就发怵，有次人家点了汤，是要小碗的，苏林玲给弄成大碗，顾客不乐意，经过请示老板后，她告诉顾客，我们只收小碗的钱。结果人家顾客还是不乐意，最后肖梅帮着解围，从大碗里倒出一小碗汤送了回去。顾客总算不再抱怨。苏林玲想不明白，这老外脑袋怎么长的？中国人只要说大碗收小碗的钱，百分百没有意见。

餐馆工虽然辛苦，可是手上有钱了，感觉还是很不同，简天明的奖学金去掉房租和水电费，每月剩下不到四百块，在超市买东西，就是一箱芒果，他们都会盘算好久。所以简天明虽然有抱怨苏林玲打工影响学英文，态度也不是很坚决。而且餐馆一般到下午才上班，苏林玲上午也的确去学英文了。

晚上下班时，苏林玲和肖梅结伴回家。简天明和老上都说过来接，可是苏林玲觉得他们也挺忙，又不是有车，来接也是走回去，路也不远，两个人当散散步，她们会路过一个二十四小时开的西人超市，有闲情进去逛一逛，捡点便宜，倒也不亦乐乎。

日子闲云流水一般，一晃她们在餐馆干了几个月，肖梅越发和顾客熟络，苏林玲看到顾客和肖梅调笑的频率也越发高，有次有个顾客还拍了拍她的屁股，而肖梅竟然没有什么反应。倒是让苏林玲有吞了苍蝇的感觉。有的时候她们逛西人超市时，肖梅会莫名其妙地失踪。弄得苏林玲六神无主，急匆匆到处找。有天苏林玲找到超市外面，不远处昏黄的路灯光下，肖梅正和一个个子很高的男人拥吻，苏林玲整个人都惊呆了。

苏林玲不知该如何处理，有些后悔没有让简天明他们来接，但现在改主意，反而引起疑心。她们回来得越来越晚，苏林玲精神也有些不对，简天明还劝她觉得累就不要干，反正不是长久之计。苏林玲有苦难言，她开始细心观察老上夫妻，却也并没有发现和别的夫妻有什么不同，老上很老实，对“搬运”过来的太太很爱护。家务老上全包，肖梅的要求老上费尽心思去办。肖梅言语中虽然透露出她对目前没房没车的生活有些不满，可每个留学过来的人不都是这样，一般的家庭谁有本事一来就车房齐全，周围的人对这种不满谁也没有太在意。

苏林玲决定抽空和肖梅好好谈一次，肖梅却没有给她机会，只要休息日，一大早她不见人影。下班就说要去西人超市买东西。她越滑越远，苏林玲想提醒，怎样开口都不合适，终于有天逮着合适的时间。苏林玲说：“肖梅，玩火者必自焚。”

肖梅愣了一下：“你什么意思？”

“我什么意思你心里清楚，你最近不是在玩火？”

“你希望我被烧死，对吗？我做了什么对不起你的事情？你要这样说我？”肖梅咄咄逼人。

苏林玲再一次惊呆，世上竟然有如此是非和好歹不分的人。她决定选择沉默。这种沉默很痛苦，尤其面对老上，苏林玲仿佛感觉自己做了什么对不起他的事情。幸好这种情形并没有维持太久，有天老上告诉他们肖梅怀孕了，他不打算让肖梅再继续到餐馆上班，苏林玲长长地舒了一口气。

第17章

老上对孩子的期待和喜爱之情简直难以言表，马上买了辆二手车，开始寻找房源准备买房子，对大家宣称："怎么着，咱也不能让美国公民诞生在出租房。咱家的孩子姓孙，可不是孙子猴子，应该是王子公主。"他们最后买了一个两个卧室共产房，这种房子产权归社区所有，卖和出租要经过社区委员会同意。但是相对于独立屋而言，价钱便宜好多，好歹老上算是实现了让美国公民诞生在自己房子里的诺言。

苏林玲至今仍清晰记得老上搬家时洋溢着喜悦的脸。肖梅倒没有见得有多开心，自从那次苏林玲说她之后，她对苏林玲有些躲闪，苏林玲想她应该是怕自己会把事情抖漏出去。所以他们搬家的时候，苏林玲跑过去帮忙，她拉着肖梅的手满含深情，想让肖梅安心："你现在也不用在餐馆打工，所有的一切都已过去，你们一定会幸福的。"肖梅用一种很奇怪的眼神看了苏林玲一会儿，什么也没有说。苏林玲气得在心里之直骂自己多管闲事。肖梅辞职后，简天明每天去接苏林玲下班，生活重新有了规律，除了简天明对苏林玲的英文进步太慢有些懊恼，日子也还是朝好的方向发展，不久他们也买了二手车。

阳光灿烂的夏天来临，老上和肖梅的宝贝女儿出生。满月的日子，老上几乎把他认识的中国人全邀请去他新家。小小房子里满是人，大家都围着小宝宝，对她的一举一动充满兴趣。有人说像肖梅，也有说像老上，还有人说："老上，你女儿怎么跟鬼子似的黄头发？"

老上乐呵呵答："都是那强生洗发水弄的，刚生下来是黑的头发，还打卷。"

还有人说"：你这孩子个子大，才满月像人家半岁的一般大。"

老上更是见牙不见眼："我孩子可替我们中国人争脸，生下来就大，9磅3盎司（4.17千克），身高54厘米，同期出生的孩子她个最大。人家都说她不像亚裔。"

简天明也兴致勃勃，回来还和苏林玲商量："要不我们也要一个？"

"你不是说想我读书？"

"我们把他送回国，让我父母带。"

"你想也别想。"苏林玲毫不犹豫地打断他，那段时间，何彩云也怀孕。苏林玲极力劝她打掉。说不健全的家庭养育的孩子性格也会不健全，并以自己为例，又说要是香港人不离婚娶她，她生下的孩子就是私生子，这样对孩子不负责任，简直就是犯罪。何彩云慢悠悠地答：“我倒是父母健全，我的性格健全在哪？我也不是私生子，你看见我的幸福在哪？你说我犯罪，犯了哪一条？该杀还是该坐牢？我是违反计划生育法，未婚生子，不过你放心我一定交足罚款。”

苏林玲气得无话可说，冷静下来细细思量，她没有办法改变何彩云的决定，但她更意识到良好家庭环境对孩子成长的重要性，暗暗发誓自己一定要等到条件成熟再要孩子。

有个周末肖梅给苏林玲打电话，哭着叫他们赶快过来，说老上要杀她。苏林玲吓了一跳，简天明说：“这两公婆估计是高兴过度，这些天看老上怪怪的。”

等他们来到老上家，老上正不顾形象地蹲在门外抽烟。苏林玲招呼也没有打，直接进去。肖梅在卧室里哭着，小宝宝一个人躺在小床上咿咿呀呀。苏林玲走上前，准备抱起孩子：“你们也是，看在这么可爱的孩子分上，也不应该吵架。”

苏林玲伸出的手臂僵硬在半空，天，这孩子的眼睛什么时候变成了蓝色的，还有翘起的鼻子，这一看就是个外国人的宝宝。苏林玲大叫一声：“简——天——明！”

简天明不情愿地应声走了进来：“怎么了，这么大声，再乱吵，小心邻居报警！”等简天明看清楚了孩子，他也怔在那里。邻居早就报警，警察来时倒把他们这四个大人的僵局打破，简天明赶紧向警察解释，没有家庭暴力，只是有一些争执。

警察仔细地查看现场，了解到宝宝才几个月大，笑着说一般第一个孩子是要难带些，有第二个就好了，还劝老上带肖梅去看医生，确定有没有产后忧郁，然后登记报告离开。

这期间苏林玲一直紧紧抱着孩子，让孩子背对警察，生怕警察看到孩子，发现孩子的不同。警察走后，简天明拉着老上出去，屋里只剩下苏林玲和肖梅，肖梅早已停止哭泣，依然不说话，眼睛茫然地盯着天花板。

苏林玲突然想起今天还要上班，赶紧打电话请假，老板娘一听就急："你周六这时候请假不是拆我的台吗？你都知道周六是餐馆最忙的时候。"

苏林玲赔着不是："我们这里有特殊情况发生。"

"什么特殊情况，反正不是天塌下来，你就给我来上班。"老板娘不依不饶。

苏林玲想或者让老板娘出个主意倒也不错，老板娘是她们在美国认识的还算熟识的为数不多的人之一。老板娘听了，倒吸一口冷气，沉默了半天："告诉我地址，我现在过来。"

老板娘过来后盯着孩子足足看了五分钟，"她爸是谁？"肖梅还是不作声，仿佛这一切与她无关。

"拜托，这个时候你不要再玩深沉好不好，现在人命关天，你真不怕你老公一刀砍了你？"老板娘的火也挺大。

“我不知道他姓什么，反正他让我叫他艾瑞克。”

“你们这些大陆来的女孩子，人家姓什么都不知道，孩子却跟人家生了。”

苏林玲白了老板娘一眼：“老板娘请就事论事，别一棍子打死一船人。”

老板娘有些不好意思，转头继续问：“你有联系这个艾瑞克吗？”

“电话打不通。”肖梅又开始哭。

“你当初知道是他的孩子，为什么不打掉？”肖梅一个劲地哭，不搭理苏林玲和老板娘。苏林玲看看老板娘，老板娘看看苏林玲。大家面面相觑，都没了主意。

“这样干耗着也不是办法，要不你们先到我家去住一段，等大家都平静下来，找着孩子亲爸，再商量怎么办。”老板娘最后说。

肖梅有些不太情愿搬，老板娘说：“你不怕死，就呆在这里。我还不愿意蹚这趟浑水。”

苏林玲心里很佩服刀子嘴豆腐心的老板娘，一个劲地对老板娘称谢，老板娘毫不客气：“我又不是帮你，你谢我什么啦。”

苏林玲也毫不示弱地说：“你的嘴巴就不可以清闲一下，让你在我心中的美好形象保持久一点？”

简天明听说肖梅和孩子去了老板娘家，也松了一口气，目前来看分开是最好的解决办法。那些天，苏林玲一有空就跑去老板娘家帮肖梅看孩子，其实她不愿意去。可是一想到孩子的无辜，就忍不住。只是苏林玲不怎么和肖梅说话。肖梅本来奶水很多，根本不需要配方奶。现在情绪一受影响，加上老板娘家不开火，每天从餐馆打包吃的，餐馆的东西毕竟油多，汤水少，奶一下子就没了。孩子吃不饱，哭得也多。肖梅似乎对这些都不在意，每天就在那里发呆。苏林玲没有带孩子的经验，只是抱着到处走。老板娘说“孩子是不是没有吃饱？”大家手忙脚乱一通采购，总算是用奶粉把孩子喂饱，孩子终于安静。

老板说这样子下去不是办法，这解铃还须系铃人，还是得赶快找到孩子爸。

“废话，谁不知道要找孩子爸，这肖梅挤出来的那点信息，除了知道是美国人，来过店里吃饭，一点有用的都没有，要不你去问问？”老板娘应道。

还别说老板真不是吃素的，和肖梅倾谈了一下，居然知道孩子的爹是谁了。七拐八拐还打听到了那个艾瑞克的公司，找到公司去，才知道艾瑞克公派出国，所以联系不上。这样大家都安了好些心，就静待艾瑞克回国再说。

肖梅的精神顿时也好起来，有时还带孩子出来散散步。但她从来不问老上的情况，和苏林玲老板娘也只字不提自己的事情。开始老板娘还有些担心自己说话不慎刺激到她，现在一看受刺激的倒是自己，感叹这人和人的心理素质差别太大。

第18章

终于等到艾瑞克回来，老板找了过去，把孩子的事一摆，问他怎么处理。艾瑞克很意外，不过也很爽快说怎样解决他需要想一想，但他愿意即刻来看孩子。孩子很争气，不仅长得像艾瑞克的一个小翻版，而且见到艾瑞克仿佛知道是她亲爸，咧着小嘴，口水流了一下巴一直笑着，把艾瑞克心都笑化，艾瑞克二话没有再说，当时就信誓旦旦弄好房子就把孩子和孩子她妈一同领回家。果真他没有食言，过了几天，还带着他的父母一行浩浩荡荡把肖梅和孩子接回他们的家。

苏林玲送走他们，不知道应该做何感想，为肖梅高兴，为老上难过，还是为这件莫名的事情悲哀。这个结果从某方面来说值得庆幸，虽然称不上皆大欢喜，但是至少避免了伤害进一步扩大。老板娘说：“肖梅命好，要是这个艾瑞克有老婆，或者不负责任，肖梅就倒霉了。”说得苏林玲捏了一把冷汗，真要是艾瑞克不认账，肖梅和老上的生活将该是怎样的鸡飞狗跳？

至于后来老上肖梅怎么协议离婚，具体的过程和细节。苏林玲一概不想知道，所以从不打听，只是知道老上和肖梅离婚是必然，不管怎样对老上是无法公平的，对老上的伤害也只有让时间去治疗。那段时间老上经常找简天明去喝酒，苏林玲积极支持简天明去，有时甚至在家里准备了酒菜自己躲开，就让他们两个一齐喝。老上喝着喝着就忍不住热泪滚滚。简天明除了陪着喝也不知道可以说什么，干些什么。苏林玲经常收拾着他们的残局感慨万千。

离婚后老上决定卖房子，因为房子是共产屋，加上他们买和卖的时间相距太近，社区委员会觉得这样对他们整个社区的房价有不利影响，大家也达不到共识，所以拖了很久，费了好大的周章，还损失不少钱才终于卖出去。房子卖掉后，老上拿了一万块钱的支票，让简天明他们转交给肖梅。

苏林玲看到支票，有些奇怪问简天明："他们离婚时候的协议？"

"不是，老上说肖梅当初买房的时候给的钱。"

"这老上，怎么这么窝囊，帮别人伺候孕妇和产妇，还养了女儿半年，还要送钱？"苏林玲气不打一处来。

"你讲话怎么这么难听，老上说肖梅跟他从没有过什么好日子，她的钱还是还给她。"

"要给他自己送去，我不去，我还真见着了上帝说的左脸给人打了，伸出右脸继续给人打的人。"

"老上怎么可能自己去，你不是一直站老上这边的，怎么这点忙也不帮。”

苏林玲自己和自己生了好几天的闷气，还是把支票给老板娘，老板娘看到支票，叹口气：“希望肖梅她将来没有后悔的日子。易求无价宝，难得有情郎。”

“这个世界无价宝有价宝都难求，有情还是无情，谁又说得清？”苏林玲阴阳怪气。

“哇塞，你什么时候变得这么深沉？拜托你把心思用在我的餐馆上，你的小费会多好多。”老板娘觉得奇怪作为当事人的肖梅从事件开始到最后，情绪似乎都没有什么变化，反而有种置之度外的淡然。倒是作为旁观者的苏林玲的心情起起伏伏，生死劫里走了一朝，憔悴不少。看来人倒是不要太善良。

肖梅搬到艾瑞克那里去以后，苏林玲再也没有见过她。她刻意避免和肖梅见面。肖梅一直断断续续打电话过来。有的时候还会和艾瑞克带着孩子来餐馆吃饭，见到苏林玲异常地亲热，还很积极地介绍给艾瑞克，苏林玲压根就不接这个茬，她就像对其他陌生的顾客一样，多一句都不肯说。弄得每次肖梅讪讪的，不过却并不气馁。还和艾瑞克解释：苏林玲心底很热。肖梅再婚的婚礼也邀请苏林玲出席，苏林玲想也没有想直接把请柬扔垃圾桶。老板娘说：“给人家一点面子好了。”

“我给她面子，谁给老上面子？”

“小姐，这个世界不只是有黑和白，还有很多的灰色。”

“什么颜色都好，只是做人要有基本的道德。”苏林玲叹了一口气。

“真的感情来了，还有什么道德可言？”老板娘言语上好像是帮着肖梅，但口气是鄙夷的。

苏林玲想不明白究竟是自己太幸运？还是自己没有真感情？或者自己太理智。不过她很庆幸生活没有让她做这样的题目。

艾瑞克的公司后来到凤凰城新设分理处，艾瑞克调了过去，肖梅他们一道搬走，肖梅后来又生了一个漂亮女儿。她每次来电话，兴致勃勃描述他们南方的生活，什么房子的外墙全是石头和砖，可不像纽约的房子外面破破烂烂，家家都有游泳池。苏林玲多年来听着她反反复复地描述，经常是心不在焉哼哼哈哈，有次实在是忍不住就说：“我都想把我家的游泳池填掉，地税太高，清洗起来麻烦不说，冬天还要找人来保养，真是麻烦透顶。”肖梅听后顿了很久，之后很长时间没有电话打扰。

每年圣诞节，肖梅都寄一张他们一家的全家福照片给苏林玲。照片上的孩子洋娃娃般可爱，漂亮。肖梅更是神采飞扬，不知道是灯光问题，还是技术处理结果，反正肖梅脸上一点皱纹也没有，那幸福都要喷出来。第一次收到，苏林玲拿着照片看了很久，不知放哪里合适，楼上楼下逛了几圈，垃圾桶前面也停留好几次，最后还是没有下手，把它放在了地下室的一个不用的鞋盒子里，以后每年接着往里扔。苏林玲觉得自己和肖梅在做人的基本原则上有很大分歧，根本不可能做朋友。当初之所以尽心尽力帮她，只是看在孩子无辜分上，不期望老上因此做什么糊涂事。

肖梅应该是从老板娘那里一直得到自己变更的电话和地址，为此苏林玲还警告过老板娘，老板娘却不在乎："小姐，人家并没有怎么得罪你，而且你也要学会和各式各样的人打交道。"

苏林玲不知道肖梅为什么还跟自己联系，或者想知道老上的音讯，或者炫耀自己的幸福。她不想探究，每次肖梅问到，她会如实地告诉肖梅一些老上的情况，比如他再婚了，太太温顺贤惠，家里添了三个孩子，有一对是双胞胎。至于老上不如意的地方，苏林玲从来不说，她觉得没有必要说，跟一个都不在乎老上自尊的人，怎么可以期望她对老上的不幸会有发自内心的感慨。肖梅也很怪，她似乎明知苏林玲只会告诉她其中的一些情况，但仍然坚持不懈，每次还会加上一句："他过得好就行。"

这句结束语每每让苏林玲浑身火气，这是祝福还是讽刺？老上当初和你生死相依没见你珍惜过，兜头绿帽子给人戴不说，把人老上都整成了华人圈里的笑话。现在人家过得好坏关你啥事？装模作样给谁看？只是苏林玲没有办法拿这话去噎肖梅。太让人难堪的话和事苏林玲说不出来，做不出来。

这件事后，苏林玲和老板娘关系越来越密切，互动频繁，两人成了无话不说的朋友，老板娘也曾抗议："我有名有姓，现在也不是你的老板娘，可不可以换个称呼？”

“我觉得老板娘比较衬你，一听就可以知道你是尖酸刻薄之人，让我牢记自己的身份，不可越雷池半步。”苏林玲一板一眼，老板娘给说得啼笑皆非。

事后简天明追问过苏林玲，难道没有看出一点肖梅的端倪？被苏林玲一口否认。简天明有些怕，便劝说苏林玲别打餐馆工，谁知道会碰上什么样的客人。苏林玲义正词严地扔了一句：“我要是水性杨花，你把我锁在家里也不行。”只是后来苏林玲再也不愿意与人合租，租了一个分门的地下室，直到她找着工作就开始租公寓。简天明虽然觉得有些浪费钱，但还是尊重了苏林玲的做法。

第19章

苏林玲带着贝贝去做测试，贝贝有些紧张，一直拉着她的衣服不放。好容易来连哄带骗终于同意跟着做测试的人走了。苏林玲开始填写一些工作人员给的表格。表格有些内容，苏林玲还真不知道或不记得，比如贝贝什么时候开始坐和爬，什么时候不穿尿裤，什么时候开始说话？苏林玲打电话给简天明，可是他手机一直关机，大概是在开会。苏林玲没有办法，只好告诉工作人员她不是很确定这些事情的发生时间。工作人员很奇怪地看了苏林玲一眼，说没有关系，填个大概时间就好。

苏林玲被工作人员眼神刺着，突然觉得自己是个不可原谅的坏妈妈。对孩子，她亏欠得太多。她是个不称职的妈妈，连孩子的基本情况都不知晓。别人家的孩子都是和妈妈亲一些，她的孩子不管什么情况下，首选都是爸爸。感情上明显得和爸爸亲一大截。以前她也愤愤不平，现在才觉得造成这样的后果，全是自己的责任，照顾孩子，不管是哪一个方面，她都做得很少。或许贝贝有些异于普通的孩子，就是上帝对她的警告和处罚。

苏林玲也曾经努力去做好妈妈，没有孩子之前，她就设想和安排好一切，首先买好房子。长岛那个地段很怪，有条叫348的公路，路的东面属于好学区，房价比路的西面高出一大截，地税也是。简天明把房子买在西面，是经过调查和研究，并听取各方意见之后决定的。想着要孩子再到孩子上学至少六七年工夫过去，没有必要白交那么高的地税和利息。苏林玲对此一窍不通，交予简天明全权打理。他们的房子三个卧室，二百多平方米，三十五万。

房子买来时，装修已经有些旧，他们把钱都付了首期，并没有余钱。老上帮了很大的忙，从换地板，到粉刷墙，再到后院的整理。他们家大约有半年时间几乎是老上的第二办公室。苏林玲感动得一塌糊涂。总是情不自禁地想，要是肖梅没有发生那件事，老上和她现在会怎样。

只是那时老上已经从国内“搬运”了另外一个太太。不知道是不是吸取教训，这个太太其貌不扬，但是性情很好，很淡薄的一个人，老上这次什么工也不让新太太打，新太太只是一味在家生孩子带孩子。因为这样，老上的日子也一直过得紧紧巴巴。简天明和苏林玲虽然都认为老上大可不必把太太锁在家里，但鉴于肖梅事件，大家反倒是什么都不好说。

搬进新家后不久，苏林玲就怀孕又流产，后来何彩云的自杀对苏林玲打击很大。经过很长一段时间，苏林玲的心情才得到平复。她再次怀孕，简天明非常紧张。头三个月几乎恨不得把苏林玲塞进保险箱，后来稳定一些，他说要接他父母过来帮忙。他父母也热切盼望可以来美国看看。苏林玲实在是找不到拒绝的理由，可是她心底是真不愿意和简爸简妈住在一个屋檐下。

简妈一开始就对这个媳妇疙疙瘩瘩，这种感觉延续到婚后。婚礼刚办完，简妈就把亲戚朋友送的首饰以替他们保管为由要了回去。苏林玲心里说难道怕我骗走你们家首饰？留下母亲姑姑给的，还有彩云买的钻饰，她把所有的首饰一股脑气呼呼全给了简妈，到她自己出国时，谁也没有再提这件事，心里芥蒂也因此根深蒂固。

按照预期的，结婚不到两个月，简天明依依不舍去了美国。苏林玲一个人留了下来，她白天上班，晚上去文化宫学英文，等她的签证。一个人住在简天明婚前买的大房子里，觉得非常地自在。本来相安无事，可是简妈偏说她一个人不安全，提出让她和他们一起住。简天明也认为这是一个很好的主意。苏林玲却一点也不买账："你妈这是不放心我，要监视我的行踪。"

"妈是关心你，你一个女孩子，当然和他们住一起安全。"简天明苦口婆心地劝着。

"你觉得安全你自己住，反正我不会去。"苏林玲撂了这句，就不再搭理他。简天明拿老婆没有办法，反过来劝老妈："阿玲那么大的人，不会有事的。"

简妈气了个半死，心里直骂儿子没用。考虑再三，她决定让简天仪住苏林玲那里去。简天仪是简天明唯一的妹妹，小简天明十岁，那时刚高中毕业不久，没有考上大学，在一个朋友的眼镜店里帮忙。

简天仪不喜欢苏林玲，没有太多理由，有时候喜不喜欢一个人并不需要理由。更何况她们之间还有好多的实质性小问题。比如苏林玲的粤语学了多年，讲得依旧口音十足，她的名字阿仪，就念得走调。苏林玲更是讨厌念她的名字，感觉像是在叫她阿姨。所以经常用细妹代替。简天仪不高兴："我和你有那么熟吗？叫我细妹，那可是我大哥叫的。"

让简天仪去陪苏林玲同住，她自然不愿意，可是经不住简妈晓之以理，动之以情劝说："你就这样一个哥哥，还这样疼你，现在哥哥不在身边，要是嫂子那边有什么事情，你怎么对得住你哥哥？"简妈暗示了嫂子可能发生的事情，简天仪觉得自己不仅义不容辞，而且责任重大，任务艰巨。第二天收拾东西直奔苏林玲那里去了。

苏林玲不愿意搬到简爸简妈那里是再正常不过的反应，有哪一个刚过门的媳妇愿意和公婆同住，而且老公还不在身边。只是没有想到简妈会派简天仪过来，如果把简天仪也拒之门外，似乎有些不太合情理，尤其他们打的牌子还是为了照顾她。勉为其难让简天仪住进来。简天仪和苏林玲这一住，就住了一年多。不晓得是因为简天明和苏林玲结婚的日期和简天明得到签证的日子太近，使馆怀疑他们结婚的真实性还是别的原因。反正苏林玲的陪读签证等的时间比别人的长得多。

苏林玲在那段时间度日如年。简天仪对简妈交代的工作可谓尽心尽责，苏林玲晚回家超过五分钟，就要接受她十分钟的盘问。有时苏林玲到何彩云那里去了，她竟然还会找到那里去。不仅如此，后来还送了苏林玲一个传呼机。苏林玲只要晚了一点回复传呼，那天都要给简天仪劈开，苏林玲称这个是夺命追魂传呼机。因此而产生的正作用就是她和简天明感情急剧升温，她越来越急切地盼望早日去美国和简天明团聚。

苏林玲因为晚上有英文课，时间上做饭也来不及，所以一般在外面吃快餐，只有周末才到简爸简妈那里去。简爸每次见她都很高兴，也很客气。简妈相对而言就要求多很多，她要苏林玲学做家务学煲汤，说是出国用得着。简妈总是不满意苏林玲做事太马虎，太毛糙。就是简简单单拖个地也拖得疙疙瘩瘩，有的地方根本没有拖到。煲汤苏林玲都不知怎么形容合适，材料复杂不说，有些放的次序和时间还不同。苏林玲本来就不擅长做饭。简妈经常气晕，费尽心思的后果也只让苏林玲记住了一道青红萝卜西洋菜煲猪骨汤。清蒸活鱼，简妈眼里世界上最简单最有营养的菜，苏林玲不是没蒸熟，就是蒸过头。简妈心里直骂：真是蠢过头。苏林玲也觉得好奇怪，尤其是多蒸几分钟，她觉得味道没有什么区别，为什么简妈抱怨那么大，蒸老了还不是一样吃。后来这个拉锯战因为简天明说美国这边买活鱼不方便才得以彻底解决。

简妈经常拉着苏林玲到厨房，告诉她哪道菜是简天明爱吃的，恨不得苏林玲跟她去菜场，从如何挑到如何做，一一教给苏林玲。简妈不厌其烦，苏林玲不甚其烦。心里说，你当我是简天明的保姆，我喜欢的菜怎么没有人关心学做一下？给简天明投诉时，简天明位置不同，感受自然不同，每次都被简妈深深感动，恨不得打电话给他妈高唱：世上只有妈妈好。

第20章

苏林玲对广东这边风俗不懂，年节时分，简家亲戚又多，一点没做好就少不了简妈的训斥。说这边没做好，那边又没有做对。苏林玲本来脾气就爆，给简妈这一唠叨，就忍不住火山爆发：“我都说了，要做什么，你告诉我，你又让我自己拿主意，然后又挑刺，故意找机会来骂我？”

简妈也给气糊涂了：“我现在是在教你怎么做，我要是帮你做，你不是一辈子不会，你怎么这么不识好歹？”

“我要听你骂就是识好歹？我来骂骂你看看。”苏林玲针锋相对。

简妈气得浑身发抖：“你还要骂我，你到底有没有家教？”

“我一早就告诉你们，我死爹没妈，能有什么家教？”苏林玲干脆死猪不怕滚水烫。

“天啊，你这是用什么口气跟我说话，让阿明来听听，他娶了个什么样的老婆？”

简爸在一旁和稀泥，“小事，小事，老太婆干吗动气？”一边小声说，“这个媳妇可以了，家务帮着干，年节还知道孝敬我们。”

简爸私底下又悄悄地跟苏林玲说：“你妈就是急脾气，不管怎样，她是长辈，心底也是为你们好，你表面上不要和她犟着来就可以。”

苏林玲快要给简家母女逼疯，简天明遥在国外，加上人家也是简姓，怎么都是一家人，怎么可能主持公道？唯一可以倾诉的就是何彩云，何彩云每次都是站她那边，让她把心中不快全泄了出来。感觉畅快很多，不过每次何彩云也会加上一句：“你这样治标不治本，关键是你要学会如何应付这些人和事，不让她们来影响和控制你的情绪。”

何彩云越来越有文化，讲话也越来越有哲理，真是可惜英雄无用武之地，像她这种级别的，最少也应该配个孔雀东南飞里面的恶婆婆才可以旗鼓相当。可何彩云似乎死心塌地和香港人耗着，无论苏林玲怎样劝说，也不管外面说得多么难听，何大壮和苏德香甚至以死相逼，何彩云都义无反顾。其实苏林玲想自己在某个层面上讲也是一样，何彩云劝了她多少次，她不是和婆婆怄气，就是和小姑赌气。看来性格决定命运是真的。

苏林玲和简妈心里气也憋了，憋不住也吵了，不是很深的感情伤得七七八八，苏林玲到后面只有周末去看他们，基本不怎么主动做家务。简妈抱怨也好，夸奖也罢，反正用处都不大，苏林玲对简妈一切行为感觉都麻木，称得上五毒不侵。当时还生出出国就老死不相往来，现在看来非常可笑的想法。

出国后婆婆的影响力有限，只是偶尔波动一下他们的生活。婆婆会在电话里详细问他们每顿吃什么。当听说苏林玲几乎不煲汤，只是做些快捷的西红柿蛋花汤，就严厉地警告她，不许再给简天明喝洗锅水。把苏林玲气得一连一个月天天给简天明端上西红柿蛋花汤，喝得简天明想吐，苏林玲说：“好啊，吐你妈那去，正好让你妈找理由再骂我。”

简天明终于悟出点道道，不再对简妈实话实说。简妈看简天明那里问不出什么，侧面开始对苏林玲进行思想教育：“阿明胃不好，早餐要吃好；阿明爱干净，鞋袜要常换常洗。”苏林玲一听婆婆开始念经，就把听筒放在桌上，自己去干别的。简天明刚发现苏林玲这样干的时候怒不可言，说她太不尊重老人。苏林玲胸脯一挺：“如果你想看到我和你妈打起来，就去告诉她。如果你还希望家里有些宁静，就请闭嘴。”

简天明默默地走开，后来找机会对简妈说：“妈，国际长途电话费也挺贵，阿玲其实也不容易，要打餐馆工，又要做家务，也没有听她抱怨。”尤其简天明抽苏林玲不在家的时间把同住的老上和肖梅的事情告诉了二老，把二老惊出了一身冷汗。越发觉得苏林玲是个不错的媳妇。后面随着苏林玲找到工作，薪水和职位年年水涨船高，到后面都高过简天明一大截，简妈苛刻的话越来越少，每次只是简单的问候，最多加上好好养身子，早点要孩子。

以前基地在东莞，苏林玲每次出差都回中山，见见何彩云，也顺道去看下简爸简妈。每次也精心在美国这边买好礼物。简爸一如既往，对这个儿媳，他有越来越多的赞赏，除了有时脾气差点。看来儿子当初的眼光真是不错。简妈也不似以前挑剔，不再要求干家务活，还一个劲地希望她可以多吃，长胖。简天仪的态度更是天上地下，因为苏林玲每次给她带的名牌包包都让她可以在人前得意好一阵子。而且苏林玲给她买的包一眼就可以看出来绝对比自己用的还要高档。

但苏林玲对他们的感觉并没有因此而亲密，以前的沟壑还在，只是忽略不见。平心而论，她不知道如果何彩云不在中山，她是否做得到这样勤地探望。怀孕后他们要来美国，沟壑会重现。可是总不能说不让人家父母来儿子家。以前条件不好，现在绿卡拿了，房子买了，工作稳定，又要再添人口，哪里还有不让来的理由。既然没有，就只有坦然接受的份。

想想毕竟和以前也不同，简天明和苏林玲已经是多年的夫妻，他们不算是那种非常恩爱的，这些年来倒也是相安无事。虽然两人个性相差极大，但同在这异国他乡，共同的奋斗目标还是把两个人紧紧捆在了一起。他们的感情甚至因为出国还变好，以前在国内，苏林玲老是觉得简天明闷，没有一点情趣。刚到美国，生活一下子压缩到最低需求，吃饭，睡觉，还有学习，再就是打工。逛街，电影，到外面吃饭都变成了奢侈的东西。

生活一简单，烦恼自然少，加上苏林玲后来，对美国还很新鲜，简天明英文比她好出几条街，在很多事情上，苏林玲比较依赖简天明。那时长途电话费贵，苏林玲在国内也不过只挂着何彩云，彩云体谅她，有时会打电话给她。苏林玲每每看到斜阳落日，总会有一种无言的落寞，心里空空的，仿佛是在思念，却又不知道该去思念谁，而每次把她拉回来的都是简天明。简天明性格木讷，也不太会与人交往，没有很多的朋友，但是对自己喜欢的人真心真意。他不是苏林玲理想中的老公，但却给了苏林玲一个温暖的窝，有人等有人爱的感觉就是苏林玲的期待。

苏林玲性格比简天明活络，骨子里却依然是个很保守的女孩。尤其能吃苦。在他们刚出国，物质条件还不如国内时，她也从来没有抱怨，和简天明一路牵着，扶持走来，有的时候脾气差些，简天明也不认为是什么大问题。女孩子总是有脾气的，他在家里也一直让着简天仪。

苏林玲想这么多年的同甘共苦应该不会让简天明轻易换战壕，而且就算现在简妈有什么不讲理的地方，自己也不是当年气盛的小女孩了。老板娘一听苏林玲的分析，把肚子都笑疼：“用上战壕这个词，他们来了，你们家肯定会战争不断。”

苏林玲没好气地打断：“你就不会说一些祝福的话？”

“我祝不祝福都没有关系，重要的是你们自己的相处，你以为是我和你婆婆过呀！”老板娘又好气又好笑。

事实是苏林玲低估了形势，原来婆媳矛盾和学历、国籍、教育和年龄、时间统统没有关系。性格倒占很大的比例，像苏林玲和简妈，个性都强的女性，其中一个还处在怀孕和生产荷尔蒙分泌混乱时期，同在一个屋檐下，矛盾发生不可避免。即使事后看来鸡毛蒜皮微乎其微，当时大家就是苦苦纠缠不能自拔。

第21章

简妈一来就给苏林玲一个浩大的下马威。不知她从哪里了解到美国这边窗帘，桌布贵且不好看。苏林玲自己从没有说过，简天明说：“更不可能是我，我哪里知道这些东西。”反正简妈的行李箱塞得满满全是这些。一到家，时差也不倒，就开始张罗悬挂，苏林玲一看那花色，心里直叫苦，想想叫她别弄是不可能的，就干脆由得她去了，自己大肚子，不帮忙也有道理。

几天之后，他们的家就彻底变样，如果说以前苏林玲布置虽然简单，但最少还有点品位，但是现在一看也可以用上两个成语，不伦不类、乱七八糟。那些窗帘尺寸都不对，穿着吊脚裤。花里胡哨的桌布还个个不同，只要是桌子全都铺上一块。

苏林玲环顾简妈布置后的家，怎么看都挺像家庭式二手货商店。简妈却十分得意自己的成果：“你们看，我这一收拾，家里就变样，现在多有家的味道。”苏林玲只好以沉默表示抗议，这在简妈看来是对她的认可，因为她的确让家里改头换面，焕然一新，苏林玲佩服得无话可说。

苏林玲怀孕非常辛苦，一般人三个月就开始不吐，她是三个月后才刚开始，因为她个子小，小孩抵着了胃，吃一点就饱，稍多吃，就吐得天翻地覆。吓得她连水也不敢多喝一口。简妈来了，自然不信这个邪，就说自己生的见的全比苏林玲多，哪有这样的事，就逼着她喝汤。苏林玲死活不喝。就为这喝不喝汤，两个人几乎要拿枪上阵。

简爸和简天明还不能插话，否则简妈一句噎死："女人生孩子你们也懂？"再敢多言，便被扣上谋害她亲孙子的大帽子。当时若是家里养了猫肯定都是不敢多"喵"一声，人自然连大气都不敢出。

苏林玲那时看什么都吃不下，清淡的连看都不看，简妈正宗广东人，加上年纪也大了，饮食就尤其清淡。每天晚上，苏林玲一看简妈精心蒸出来的菜，一点胃口也没有。不是不吃，就是要加一些老干妈辣椒酱。简妈看得眼睛直冒火："你不想你自己，也要替孩子想想，这么大热气，孩子怎么受得了？"

苏林玲莫名其妙："难道孩子还感觉得到辣味？我要不是为了他，我还不吃！"气得简妈扔筷子。

孩子出生前，简妈还稍稍顾忌，怕惹得苏林玲动胎气，这宝宝一出生，简妈就开始肆无忌惮了，每天指挥得大家团团转。苏林玲是个很简单的人，干什么都喜欢把事情简单化，再加上这些年国外生活的磨炼，就更加钟爱快手菜。简妈做事比较慢，年龄大了还讲究。一顿饭要精心烧上三小时，苏林玲简直狂晕。尤其让苏林玲受不了简妈还喜欢别人赞同她，小到菜烧得好不好吃，买了什么便宜的东西，反正不管她做了什么，她都需要被夸赞一番，如果没有得到夸赞，她就反复地说，明示暗示大家去夸赞她，要是已经得到赞同，就被列入战绩一类，拿出来炫耀次数就更多。

整个月子苏林玲过得度日如年。她属于瘦弱类型，根本也没有什么奶水，原也打算用配方奶。这点上简天明很赞同，想着孩子满月她要上班，母乳喂养到时宝宝不吃配方奶可怜的还是宝宝。可这计划好的事情愣给简妈破坏了。简妈一口咬定母乳喂养就是好，逼着苏林玲喂人奶。可怜苏林玲因为自己个子小，孩子个大，还是剖腹产。每天给简妈逼着喝没盐的猪脚汤，晚上还要起来若干趟喂孩子。用苏林玲自己话说，活下来就很幸运，人家坐月子胖一圈，苏林玲比产前还瘦了五斤。

终于熬到要上班，苏林玲心里高兴，终于不喂人奶，晚上简天明起来做帮手泡奶粉。简妈知道非常不高兴："两个人都上班，为什么要你起来。"简天明说："谁起来还不是一样，再说阿玲上班又远又忙。"

简妈依然不高兴，没几天之后，她决定晚上由她带宝宝，苏林玲虽然不愿意，可是也不知如何反对。可这也没有让她高兴，她开始抱怨简爸不帮手："阿明都知道疼老婆，你是他爸还不如他。"简爸无可奈何，好在多年夫妻，彼此性情也知道，所不和她较真，这耳朵进那耳朵就出。

吃配方奶不久，宝宝开始长湿疹，婴儿时期，很多的宝宝都长湿疹，关于成因和治疗，在医学界都还是一个没有彻底解开的谜。在简妈这里，早已一锤子定音，成因就是苏林玲怀孕时吃辣椒酱，辅助诱因是宝宝断了母乳。苏林玲彻底整明白，反正就是自己的错，宝宝一有问题都要和自己牵上关系，更何况这早就揪着了的辫子。苏林玲上班之后，因为忙碌，再加上注意力分散，基本上懒得去和简妈计较。实在是气急，就吼吼几声，简妈倒也不吱声。

简天明这么多年和苏林玲过来，对她的脾气了如指掌。苏林玲是吃得亏受不得委屈之人，她性情刚烈。大家的生活习惯终究有些不同，母亲有时也比较专横，简天明都看在眼里，可一个是妈妈，一个是老婆，他怎样去评是非？且有的事只是处理方式不同而已，根本没有对错。苏林玲吼时，或者他妈又开始唠叨时，他就赶紧溜之大吉。

简爸是家里有吵没吵他都不参与，他看书、画画、抱抱孙子，简妈和苏林玲闹矛盾，家里没有一个帮腔，也没有一个制止。简妈觉得受尽委屈，不知应该向何人倾吐。不过她们两个都有个共同的优点，就是不背后说人，苏林玲就事论事地吼，简妈更加动不动就说要三口六面地讲清楚，所以一般只要避开她们的争锋相对，家里一派其乐融融。

苏林玲那时想，简爸简妈他们也就呆个一年左右，也希望他们呆长一些，最重要是为宝宝好，才几个月大的孩子送出去，终究是有些不放心。所以她无心把事情弄大，睁一只眼，闭一只眼就好。像什么简妈说她不会喂孩子，不会抱孩子，不会带孩子，苏林玲都一笑带过："合着，我生了一小祖宗，抱不得，喂不得，带不得。"

简妈对苏林玲的忍让没有察觉，她自己是扑心扑命地为儿子孙子好，苏林玲还有啥挑剔？苏林玲干什么她基本上都看不上，当然除了赚钱，她觉得苏林玲利用这一点，把简天明牢牢地拴在手里，苏林玲一开口，简天明从来不说不。可是谁家老婆又不赚钱，稍稍多赚一点，就很厉害吗？她在心里千遍万遍地骂过儿子没用，媳妇太霸道。心里骂的事情有时言语上不自觉地表达出来，有一次她让苏林玲干事，结果苏林玲忘了，她生气："这个死人阿玲，叫她做事比登天还难。"

简爸和简天明听了都倒吸一口凉气，还好苏林玲隔得远，似乎没有听见，简妈说完也就罢了，没有过一会儿，又听见她在问："死人阿玲去哪了？"这回苏林玲听得真切，因为就站在她身后，简爸和简天明面面相觑，脸色陡变。苏林玲却没听见一样。简妈没见回应，一转头看见她，火大了："我叫了你半天，你这个死人，应一声也不会？"

"死人会应声？哪个死人会？你告诉我？"苏林玲即刻呛声接到。

简妈意识到自己失言，想找同盟，简爸和简天明全不见了。简妈心虚地看着苏林玲，这苏林玲却又像没有事情发生一样，继续逗着孩子。偷偷藏着的简爸和简天明倒是一头大汗。

第22章

每次周末去中国城买菜，苏林玲都懒得跟去，反正去也不会遵照自己的意见买，还不如不去省心。简妈有次意外收获很大，碰到了苏林玲他们刚来美国的室友，那对博士。搬开之后苏林玲和他们几乎没有来往。可简妈和女博士一见如故。

以前苏林玲觉得和简妈处不好的原因中，语言和地域不同占很大比例，自从看到简妈和女博士亲密样子，苏林玲顿悟，原来和地域语言没有关系。女博士也是讲普通话，和简妈聊起来，一样不亦乐乎。两个人似乎找到许多共同话题，不久就从几乎每天的电话交流发展到登门拜访。女博士每次一家三口过来，拎个西瓜，在他们家大吃大喝两顿之后，再打包一大堆。肚滚肥肠，打着饱嗝回家。

苏林玲看得是莫名其妙，简妈还让她收拾碗筷。苏林玲不明白为何本来只想轻松一下的周末，要因此变得更加忙碌，简妈从星期五就开始筹划要做些什么菜，还一定会做上女博士喜欢的，好像要过来的是她亲生女儿。简天明的喜好都自动退居第二位。苏林玲的更不用说，直接踢出局。

博士的孩子那时大约五岁，在苏林玲他们家也没有玩伴，就一个人楼上楼下地乱窜乱翻，每次他们走了，苏林玲得收拾好一通。男博士一来，往沙发上一窝看电视，不到吃饭不会挪地方。女博士倒是呆在厨房，可苏林玲也没有见她干什么实际活。就是陪着简妈聊聊天。就是每次要吃水果时人家不忘："我带了西瓜来，我来切给大家吃。"

"敢情真把我们家当成免费的休闲胜地！"苏林玲的火憋着不是一天两天。不知如何开口对简妈说。她曾经劝过简妈要出去交朋友，有了朋友日子不会那么无聊。没有预想是这个样子。看到简妈女博士每次在厨房里低声讲，高声笑，她就检讨是不是因为自己妒忌。女博士不遗余力夸赞简妈，简妈烧的菜好吃，简妈人有文化，懂道理。不惜把自己的婆家踩在脚下，自己的婆婆乡下人，卫生习惯不好，老抽和生抽分不清楚。长篇大论，末了还要对苏林玲语重心长："小苏，你有这样的婆婆是八辈子修来的福气，好好珍惜。可怜我就没有这运气。嫁这么好的老公，有这么好的婆家。"全然不顾这开放的厨房，她老公可以听得一清二楚。

苏林玲恨不得说：那你到我们家来做小好了。这话苏林玲心里说了千万遍，终究还是没有出口，但是心里的火还是要借机发："你没有这么好的婆家，还不是和我享受一样的待遇。我婆婆现在不也供着你？你婆婆再不好也是你老公的妈，用不着这样编派她，我也是乡下人，乡下人和城里人不是一样吃喝拉撒？难道城里人就只吃不拉。”说得女博士脸一阵红一阵白。简妈急得直安慰：“这说的都是些什么话，这人，教育程度决定说话的档次，你可别和她计较。”

女博士的涵养不是一般人有的，人家是全然不计较，周末依旧全家到来，连吃带喝带打包，没有一丝变化。苏林玲气得七窍生烟。简天明只好好言相劝：“爸妈在家带孩子多辛苦，又闷，难得他们有投缘的人，反正也不是天天来，你不高兴不出声就好。”苏林玲越来越糊涂，自己的家对不高兴的事情竟然只有不出声，这个世界天理何在？

和简妈虽然有些不愉快，苏林玲还真没有往心里去，平心而论，简妈也真心疼孙子儿子。尤其有次看到女博士给简妈染头发，剪头发，苏林玲心里忽然觉得有些对不住简妈。因为自己的头发一般在国内打理，要不有空去纽约中国城法拉盛修一修，三十到五十块。对现在的苏林玲来说不算什么。可苏林玲忘了自己刚来美国，也是舍不得花钱去弄头发。买了个推子，把简天明的脑袋修得像个鸡蛋。自己的就是叫简天明齐着来一刀，这样持续了好些年。

简妈现在就是苏林玲当年，虽然苏林玲交代了不用省那点钱，去法拉盛买菜的时候，顺带剪下头发。可简妈一听那价钱，马上跑出来。让女博士剪，简妈请吃饭带送东西，算起来价钱远远高过出去剪。简妈却高兴这样，应该里面带着感情。苏林玲自叹不如女博士乖巧，可以讨得婆婆欢心。对婆婆的其他越加宽容。如果不是后面她一再逾越苏林玲底线。苏林玲是不会和简妈正面交锋的，简妈他们也应该不会提前回国。

宝宝一晃就七个多月，活泼可爱，可以单独坐着，什么东西也都往嘴巴里塞啃。有次苏林玲居然发现宝宝手里握着简妈的金戒指，她吓了一跳，简妈却若无其事："哦，是我脱下来给他玩的。"

"家里那么多玩具，干吗要玩这个，吞下去可不得了。"苏林玲不无担心。

"宝宝特别聪明，不会乱吃东西，我也很小心地看着。"简妈觉得苏林玲杞人忧天。

"你再小心看着也不行。"苏林玲口气非常不好。

"行了，行了，我下次不给他玩。又不是很大的事情。"简妈很不高兴。

苏林玲以为这件事就这样过去，直到有天下班回家，发现简爸，简妈，简天明正到处乱翻，家里乱七八糟，一片狼藉，看样子已经翻过好几次。

"怎么了，找什么？"

"妈的金戒指不见了。"简天明边找边答。

"妈你是不是把戒指给宝宝玩了？？"苏林玲觉得自己的心都跳出嗓子眼。

"是啊，一会儿的工夫，就不见了。"简妈似乎并不着急。

“什么时候的事？”

“中午吃饭的时候。”

“天啊，你为什么到现在才说？”

“那什么时候说，让你们请假回来给我找戒指？”简妈有些莫名其妙。

“简天明。抱孩子，去医院！”苏林玲咆哮。

“去什么医院，宝宝肯定没有吃下去。”婆婆依然镇定自若。

简天明给苏林玲这一叫慌了，抱起宝宝去找安全座椅。苏林玲跟着后面就出了门，也不理简妈在那里一直自顾自说着。万幸，X光结果出来，戒指并不在宝宝体内，他们出门急，忘了给宝宝带吃的，这急诊室等和检查花了四五个小时，回来的路上宝宝饿得一直哭，嗓子都哭哑。简妈看到，心疼得不行：“我早就说了，宝宝没有吃下去，你硬是不信，看把孩子折腾成这样，你安心了？”

苏林玲一句话也没有说。径自上楼，饭也没有下来吃。简天明上去叫了几趟也没有用。简妈愤愤地说：“这是做给我看吗？”

简爸说：“你少说话没有人当你哑巴。”

“她简直就是不把我当人，反正只要我说的，她都不听，我做的，她全部都要反着来，这哪里是媳妇，纯粹就是太婆，要供着的太婆……”简妈愤愤不平，却发现身边一个听众也没有，不由得更加伤心，抽抽搭搭哭了好久。

苏林玲和简妈冷战好些天，简天明和简爸几乎给家里气氛憋死，他们是两边好话说尽，也没见什么效果。这边苏林玲刚消点气，还帮简妈买了新戒指。简妈那一肚子埋怨也被金戒指卷得烟消云散。这时医院的账单也来到了，那次急诊他们须付五百美金。简妈灭了的火重新开始燃烧："好好的，一定要花这冤枉钱，你才安乐？"

"嫌我花了冤枉钱，那你干吗弄丢戒指，守着戒指不是什么钱也不用花？"苏林玲毫不示弱。

婆媳重又冷战好些天，这事才终于成为过去式。好容易平静下来，风波又骤起，这回肇事者是简天明妹妹，苏林玲的小姑子简天仪。

第23章

苏林玲出国前和简天仪同住过一段，简天仪简直把她当犯人，因此她烦透这个小姑子，恨不得与她一点瓜葛也不再有。所以后来她要出国的时候，简妈他们说新房子租给别人不放心，让小姑子继续看房子时，苏林玲斩钉截铁地拒绝了。虽然房子租给别人苏林玲也有一些不舍，但是她更不想要再领小姑让人难以下咽的人情。理由也很冠冕堂皇："细妹是个小女孩，一个人住大房子更不安全，如果租出去，一个月至少也有一两千人民币吧，好歹也算是一些收入。"简妈气得："这个女人，怎么干什么都要和我们对着来。"

倒是简爸说了公道话："阿玲说得有道理，阿仪一个人住那里也是不让人放心，阿明他们两个现在都没有工作，有些房租补贴也好。"这些年来房子一直租给别人，简妈收着租金，但也从没有把租金给过他们。

简天仪人长得不怎么样，脾气也古怪，感情上波折不断，一直都有在发展，可是段段只见开花不见果实，这也奔三十了，还是没有归宿。简爸和简妈开始对未来的女婿还有些期盼蓝图，发展到后来只要她嫁得出去。在他们过来美国时，简天仪恋着一个湖南来中山打工的小伙子。简妈一心希望女儿可以找当地人，可严峻的事实让简妈无可奈何。求菩萨保佑嫁得出就好。

简爸简妈在美国这近一年，简天仪的感情倒也顺利，终于开始谈婚论嫁。简爸简妈心生欢喜，想着回去热热闹闹办理女儿婚事，也算了却大心愿。一身儿女债，终于还得差不多。

简天明和苏林玲也很为简天仪开心，苏林玲马上表态：“我们结婚时亲戚送的金饰，一齐给细妹，还有这些年房租，也给细妹陪嫁。看看细妹还有什么想从美国带回去的，我们再买。”简天明和简爸心里还直赞许苏林玲大方。简妈心底感叹：这个湖南仔，真是要捡一把。

简天仪听了简妈叙说，并没有他们期待的兴奋，而是说：“我和我老公商量一下。”苏林玲还就奇怪，这娘家的陪嫁还要老公决定？不过人家小夫妻的事情，由得人家去。可简天仪却偏偏把苏林玲扯了进来。那时中国的房价飞涨，中山虽然是小城市，但是这些年过去，房子的价钱是翻了一番不止。简天明三十几万买的房子在那时已经市值七八十万。

简天仪说她和她老公愿望简单，就是简天明把中山的房子可以原价卖给他们。算算那些首饰大约也值七八万，房租加起来十万块也有，这些说好的陪嫁仍旧还给兄嫂抵价，所以简天仪再给简天明大约十万块就差不多了。简天仪对简妈说："我老公一个穷打工仔，没有钱，老妈你可以不可以帮忙把十万块给大哥大嫂。"

听得简妈倒吸冷气，这算什么事，刚开口要阻拦，简天仪那边似乎早就料着，把话一撂："妈，我都三十岁了，你希望我一辈子嫁不出当老姑婆？不就是想要一套房子陪嫁，人家有钱的人家，陪嫁几套房子。再说那房子还是空着租给别人住，大哥大嫂都是美国人了，也在美国买房子了，那房子早晚要卖掉的不是，只不过原价卖给自己人，有什么不好？"

简妈哑口无言，照简天仪思路想想似乎也有道理，悄悄地跟简天明说，简天明倒也没有反对，就这么一个妹妹，结婚也是人生唯一一次，就满足她的愿望好了。可是怎么去和苏林玲说，大家都觉得挺难办。从苏林玲的角度看，这事情怎么也说不上很有道理。

简天明想了很久，终于找了个苏林玲心情大好的时间谈这事。苏林玲以为耳朵出错，连着让简天明解释几次。简天明越解释越心虚，越猜不到苏林玲会有何决定。苏林玲半天没有反应，只是不停地拨弄着手上梳子的齿，简天明偷偷看她脸色，鼓起勇气小心翼翼地说："你不作声，我当你同意。"

"我以为我不做声，你当我死了。"苏林玲冷冷地说。

"好好的，什么死不死的，多不吉利。"简天明有些尴尬。

"吉利，怎样说才吉利？把房子白送你妹。你们做事用不用脑，你们有考虑我的感受吗？我不发威，你们还真当我病猫，全骑到我头上拉屎。”

“你怎么说这么粗俗的话。我们怎么不考虑你的感受，这不是和你商量吗？”简天明无可奈何。

“我的话粗俗了，我就一乡下人，你们家做的事高雅？你们这些城里人，商量，这算什么商量，只是告诉我决定？”苏林玲越说越激动，声音不由自主大起来。

“小声点，小声点，别让爸妈听到。”简天明着急。

“我就是要让他们听到，你们一家人背地里算计我，还不让我说话。”

“话怎么说得那么难听，我们怎么算计你了？这房子好像是我们结婚前买的。”简天明也觉得委屈。

苏林玲气得浑身发抖：“好，你要说婚前财产，是不是？我跟你结婚超过十年，无论按哪国法律，你的破烂都有我的一半。我今天告诉你们，想要房子，门都没有，我本来要给的陪嫁，她不要，我留着给我儿媳妇。你要给你的房子的一半我也不拦着，我的那一半谁也别想。”

简天明还想再说什么，苏林玲把门一摔，出去了。当晚苏林玲直接睡到了客房。

简爸简妈虽然不在房内，但听得真真切切，一字不漏。本来简爸简妈有些觉得女儿贪心，苏林玲态度如此恶劣，他们反倒全站在简天仪那边，认为苏林玲有些过分。简天仪对不对无关紧要，也并不是评判谁对谁错就可以解决，房子的事情要一个实际的解决方案。他们也拿不出钱再买一套房子，可是因为房子的问题要耽误简天仪的终身大事，也确实是不值。要求苏林玲和他们一样的想法，他们也不知道怎样可以做得到！

苏林玲事后冷静的时候，也想自己可以洒脱地说不要房子，可出国这些年，不停奔波，那种没有归属感的漂泊，令她没有办法做到那么洒脱。如果说当初简天明没有这套房子，苏林玲倒也不会因为这不和他结婚。最让苏林玲受不了的是他们竟然全都商量好了，最后来告诉自己。一直认为自己做得不错，对婆家无论感情上金钱上都算尽心尽意，却原来人家关起门来还是一家人，自己终究不过是个外人，这么让自己委屈的事情，公婆老公尽然会投赞成票，这算什么事！自我感觉大方的陪嫁，简天仪压根就没有看上眼。苏林玲非常地受伤，在她心里，这不仅仅是房子问题，而是主权问题，她要抗争到底。

简天仪那边一直追问着，得知嫂子的态度，倒也没有吵，只是和母亲哥哥哭，隐隐地透露亲事要黄。无形的压力投过来，简妈急成热锅上的蚂蚁。拼命地找机会和苏林玲再谈一下，只要有稍稍转向房子的话头，苏林玲都冷冷挡回去，苏林玲铁了心，任凭简妈他们如何努力，也不给任何让步。

第24章

那段时间公司以前的报关员辞职，新招了一个小姑娘，做事远没有以前的踏实，总是丢三落四。苏林玲是急性子，已经有些难以忍受，不住地提醒她。小姑娘当面应得很好，事实上我行我素，复印机里老是会留下她复印的原件，要不就是文件的页码乱排，好在没有出什么大错。苏林玲也不好再强求。

一般十月一到，商家就进入销售旺季，过完万圣节，就是感恩节，圣诞节，这段日子有时一天的销售都赶上一周，商家尤其重视。苏林玲他们也是严阵以待，所有的事情一环接一环，一环也不可以拉下，不然全都乱套。公司没有太大的仓库，一般在海关接收货物之后，租来的卡车就直接把货发到销售商那里。他们一直这样操作，也十分顺利。

这次却出了一个怎么也想不到的篓子。报关小姑娘前一天提出要把资料带回家，第二天直接去海关。苏林玲考虑到小姑娘确实住在海关那边，如果回公司来回兜好久，就同意了。第二天一直阴沉沉地下着雨，苏林玲特别讨厌这种天气，心情莫名地烦躁。快到中午时，报关小姑娘还没有回来，苏林玲有些着急。不知报关的情形怎样？打电话过去，几次都是没有人接。终于小姑娘主动打电话过来，哭哭搭搭，说是报关材料给弄丢了。苏林玲脑袋一下子空白，小姑娘断断续续有句没句说着，苏林玲一头雾水根本搞不清楚发生了什么事情。

苏林玲用冷水洗了好几把脸，让自己冷静下来，叫了桑蒂，把材料的复印件带上，也奔海关这边来。等苏林玲他们到的时候，小姑娘还在那里六神无主地不知道该干什么。小姑娘说自己早上起来，到楼下买了一杯咖啡，就来海关了，到了那里发现材料没了，跑回去找也没有，又回来找还是没有。苏林玲已经没有耐心听。对桑蒂说："叫外面等着的司机去吃午饭。这边你们先回咖啡厅，再找找，也看看有没有人捡到。还有去警察局报一下案。"

桑蒂说："这种事，估计警察也没有法管，又不是人家偷你的东西，自己丢的。"

"死马当作活马医，我去试试拿复印件看看。今天要是出不了货的话，这些商家不得吃了我们。"

苏林玲到海关一通解释带恳求，说今天是特殊情况，什么我们这么多年的合作，还有拿不到货的惨烈后果往严重了几倍地诉说，还算是打动了人家，回复说："没有办法做主，要向上级汇报一下。现在正是他们午饭时间。你到旁边等等。"

苏林玲只有干等，桑蒂那边电话过来说，还是没有找到，警察还很给面子地过来调查了一番，什么也没有。

苏林玲说：“你把立案号码告诉我，希望可以增加这边的说服性。你们先找个地方吃饭。”

“那我们还要过海关来吗？”桑蒂小心翼翼地问，和苏林玲共事越久，桑蒂是越来越怕她，苏林玲的脾气要是发起来可不是一般大。

“算了，你们来也没有用，先回去，我有事再找你们。”苏林玲长叹一声。

这边还不错，等待起了效果，海关的头有些勉强，拿着复印件翻来覆去了好多次，还是放行了，报案还是挺有用，至少证明了这件事的真实性和严肃性。等苏林玲长舒一口气出来，已经是下午四点多，她买了些咖啡给卡车司机们，向他们道歉。终于可以坐下来吃点东西，倒不觉得饿。一看手机，发现有个三个未接电话，还是同一个号码，陌生的号码。苏林玲心一动，不会是有人捡到到材料吧。赶紧打过去。

电话那头传来以前邻居女博士抑扬顿挫的声音：“怎么打几次你的电话都没有人听，经理就是不一样，忙啊！”

苏林玲有些莫名其妙：“你找我有事？”

“我找你能有什么事，还不是你的家事，你这人怎么这么小心眼，为了戒指的事，那么久不和你婆婆说话，你说老人心里能好受吗？再说了，老人能给孩子吃戒指吗？不过玩玩！”

“你还有别的事吗？我现在还在吃午饭！”

“这个时候吃什么饭，喝下午茶吧？好悠闲啊，我还想和你说说你小姑子的事。”

“既然是我婆婆，我小姑，关你什么事啊？”苏林玲火冒三丈挂了电话。女博士还有再打过来，苏林玲没有听。

电话又再响，这次是桑蒂，说小姑娘找到文件，原来忘在家里。苏林玲气得直吼：“让她马上给送到海关来。”苏林玲放下电话，吐了一口气，发现餐厅里的人像看猴子似的盯着她。意识到自己失态，歉意地笑笑，赶紧低下头啃了一口凉了的汉堡。

窗外的雨开始铺天盖地，苏林玲有些茫然：这是怎样的日子？

回到家，不出所料苏林玲所料，婆婆正等着：“人家好心地想劝劝你，你什么态度对人家？”

“你也知道那是人家，为什么什么话都对人家说？”苏林玲反唇相讥。

简妈给噎得愣了一下，不过马上反应过来：“还不是因为你不把我们当家人，如果你把阿仪当你妹妹，你怎么会不同意把房子卖给她？你老公都同意，你这个女人，根本不把老公，还有我们放在眼里，自作主张，想怎样就怎样……”

苏林玲冷冷地看着婆婆，一直耐心地等她说完：“我的家，我说了算，谁要是不满意，走好了！”

简妈的眼泪刷地一下，全流出来：“想赶我们走，是不是？我伺候你月子，帮你带孩子，做饭做家务，一分钱人工没有拿，到最后的下场是被人赶走。”

苏林玲累得要瘫了根本都听不清简妈在唠叨什么，她转身上楼。

简天明听了简妈加了点料的述说后，怒火万丈，逼着苏林玲去给老人道歉。苏林玲说：“我做错了什么要道歉？”

“不管怎样，你叫他们走就不对，还有你也不想想，他们真走了，宝宝谁带？”

“我没有叫他们走，我只是告诉她，我的家里我有说话权，她要是不满意可以不要在这里呆着。什么宝宝谁带？我最恨别人威胁我，这个世界，少了谁还不能转？”

结婚十多年，简天明苏林玲平常有不同意见叫起来，一般简天明都会不作声。而且到了晚上，简天明会主动找苏林玲说话，坚持着生气不到第二天，夫妻没有隔夜仇。可这次，加上简天仪那边还没有解决的问题让简天明也说了狠话：“不跟他们道歉，日子不过了。”

“不过就不过，我还不稀罕过！”苏林玲的嘴巴从来不饶人。

两个人僵持了几天，谁也没有服软。简妈这边也没有停着，坚持把机票改签，过几天就回中国。

苏林玲表面上像没有事的人一样，私底下忙得不得了，宝宝不到一岁，苏林玲可舍不得让他去上托儿所，一个阿姨看那么多孩子，宝宝得多可怜，所以得赶快确定保姆。餐馆老板娘家钟点工接下了差事，老板娘提出条件："那你得帮我再找一钟点工。"苏林玲说："大姐，我去你家做钟点工都可以。"

老板娘说："你可不可以不要那么小家子气，道个歉得了，一家子又可以和和美美过日子。"

"大姐，这是我道歉可以解决的问题吗？人家要的是房子，我给不了，而且我也没有觉得我做错了什么，为什么要道歉？再说了，他们走只是早晚的问题。"

"你真的那么在乎那套房子？"

"我也不知道，说不定老了还回去呢，反正有那房子在，感觉和国内还有联系。再说了人家有余钱的还到国内去买房子，现价我都不想卖，还说什么原价，等于是白送。"

第25章

简爸简妈走那天是周六，一大早起来，简妈抱着宝宝不撒手，直抹眼泪。简爸一旁唉声叹气，简天明不知怎么可以缓和气氛。兜着手楼上楼下溜达。几次故意和苏林玲撞面，希望和苏林玲说上话，可苏林玲装作压根看不见。简天明真有些急，父母要带着一肚子的不高兴离开，这日子怎么过下去？宝宝还这么小。

快中午时，门铃响，简天明冲出去一看，送外卖的：“我没有叫外卖啊，你是不是送错地址？”

“没错，就是这个地址，一共188块。”送外卖的是个中国小伙子，一本正经。

“我真的没有叫外卖。”

苏林玲在楼上听到差点忍不住笑，知道应该是老板娘捣的鬼，估计还特意交代送外卖的看到简天明如是说。她匆匆跑下楼，递给送外卖的二十块钱小费。

简天明反应过来："你叫了外卖也不和我说一声。"打开饭盒，看到青葱龙虾，凉拌北极贝，清蒸鲈鱼，可都是简妈简爸最爱的菜，简天明的气顿时全消。高兴地大声嚷嚷："爸妈，吃饭了，你看阿玲叫了你们最喜欢的龙虾和鱼。"

简妈还正赌气：我不烧饭，看你们怎么办。听到这些，有些喜出望外，也借机下台："又浪费钱干什么？叫她也一起来吃。"

简天明却找不到苏林玲，发现她正从车库大包小包地拿东西。苏林玲把东西堆在简爸简妈面前："这是买给你们带回去的东西。除了那钻石项链是送给细妹结婚的。其余的妈你怎么安排怎么合适。"

苏林玲这一招，让简妈简爸措手不及，简妈一时语塞，竟不知说什么合适："花了好多钱吧。"

简天明心里乐开了花："没事，你们难得来一趟，应该带礼物给亲戚。"

吃饭的时候，气氛已经很融洽了。简天明很佩服苏林玲，每每看似山穷水尽的时候，她总是有本事峰回路转。他开了红酒，给大家都斟了一杯。苏林玲拿起酒杯："谢谢爸爸妈妈大老远过来帮我们照顾孩子，我做得不到之处，也希望你们看在孩子的面上，不要和我计较。"

简妈的眼泪唰地又流下："我们始终都是一家人，计较什么？"

简爸也跟着："阿玲，我们老人家也有做得不好的地方。房子的事，等我们回去和阿仪他们再商量商量。"

简爸信守诺言，回去的确把事情找到解决办法。就是帮简天仪另外买了一套房子，把苏林玲他们送到的礼金钱做首期，不够的简爸简妈付，然后月供暂时用苏林玲他们的房租收入。这次简天明学乖，不敢轻易应承下来，说要和苏林玲商量。苏林玲想了一下，虽然觉得还不是很合理，但是毕竟人家已经让步，就放一马：“你觉得行就行。”把简天明高兴得直呼：“老婆万岁！”

鉴于这次的经历，苏林玲再次怀孕时，压根没有想让简爸简妈再来。更何况，他们那时也确实没有空，简天仪结婚后，马上添了孩子，简爸简妈正忙着带。姑姑苏德香说：“让你妈过去，你妈心里可紧张你了，再说了，你也不能一辈子和你妈这样。你奶奶若是还在，也会希望你们都好好的。”

苏林玲这才想起，她已经有好多年没有见着林玉芳。上次办结婚证的时候，她带着简天明回了家乡。他们先去拜祭了奶奶和爸爸，再回到镇上来。林玉芳大约没有想到苏林玲会这样安排，所以空等了很久。杨广义和宝妹宝弟都等得有些不耐烦。本来是等他们来吃午饭，结果等到晚饭时间过了，他们才来。

简天明本来就是话不多的人，这样复杂的关系他也不知如何应对。杨广义见到苏林玲是讪讪的。宝妹和苏林玲这个名义上的姐妹从来就是没有话说。宝弟因为读书不好，高中都没有毕业，就在家里瞎混。听说简天明要去美国读博士，不由得感了兴趣，这读博士要读多少书，还是去美国，那个年代小镇上人，对美国大都还是听说。所以问题多多，正好气氛不至于太冷场。

吃完饭，林玉芳说带苏林玲去看给他们收拾的新房。苏林玲头也不抬：“我们住招待所，已经登记好了。”

林玉芳一愣，哽咽着说：“也好，那带上那条新的大红缎子被好不好？”

“不要了，哪有带被子去招待所，人家不笑死。”

“是，是，要不你们带回中山，那是专门给你们买的。”“我们现在用被套，哪里还有人会缝被子。”苏林玲依然拒绝得没有余地。

林玉芳愣了一下，终于还是什么也没有再说。苏林玲办完结婚证就离开了，就在一起吃了两顿饭，其中一顿还是早饭。苏林玲和林玉芳说的话加起来没有十句。林玉芳想着苏林玲要是去了美国，这相见又不知何时，想好好地看看女儿，这女婿也是第一次见。可是苏林玲压根就没有给他们任何相处机会。把简爸简妈买的礼物拿了过来，简天明本来说再买点什么，给苏林玲挡了回去。第二天一早他们就去昆明市内。倒是在昆明市玩了几天，算他们的蜜月旅行。

回来后，简天明说：“我发现你对你妈很过分。”

“是吗？那是因为她过分的时候你没有看到。”苏林玲想也不想地答。

“而且我发现你和你妈说话的时候像是两个人。”

“什么乱七八糟的，听也听不明白。”苏林玲冷冷地说，无心再继续这个话题。简天明虽然有些奇怪，但是没有必要为这让新婚的妻子不开心，也就不再谈论。

他们出国后，只有年节或是有事，苏林玲才打电话过去，电话也是套路，基本上问和答都有固定模式。唯一一次有过变化的是，苏德香告诉她，说林玉芳他们的老房子拆迁，要集资建新房子，他们拿不出钱。苏林玲有些奇怪：“他们都有工作，钱用到哪里去了？”

“你不知道你那个宝贝弟弟，读书不行，花钱可是在行，吃喝嫖赌，样样精，你妈全给榨干了。”

“那集资要多少钱？”

“两室的十二万，三室的十八万。他们想着两室的就够了，你那个所谓的姐姐也嫁人了，说可以出个两三万。”

苏林玲二话没再说：“要三室的，钱我全给，但是姑姑你要帮我确定，房产证上一定不可以有宝弟的名字，一定要有我妈的名字。”

“什么一定要，什么一定不要，我都糊涂了，那你那个叔叔呢？”

“那随我妈的便。”

苏林玲说着就汇了三万美金回去。简天明的心扎得全是血，但想着是老婆自己赚的钱，而且从结婚起，外父家确实没有过任何要求，便安慰自己不过晚一点买自己的房子罢了！林玉芳为这事专门打了好几个电话来，杨广义也特地称谢。

以前，林玉芳从来没有主动打过电话找他们，苏林玲却并不认为他们之间因此就化冰，心里还有些感叹：真是有钱能使鬼推磨。苏林玲出钱买房子是因为奶奶和爸爸，她想奶奶和爸爸如果知道林玉芳没有地方住，会伤心的，房子为奶奶和爸爸而买，让林玉芳他们住着而已，其实和林玉芳一点关系也没有，所以林玉芳他们说“谢谢”时她没感觉：“你们不用跟我谢谢，要谢谢简天明好了。”简天明抱着一堆“谢谢”直说：“不错，不错，这个顺水人情我做得还真不错。”

宝宝出生前，林玉芳和杨广义特地寄了两套衣服和一副银手镯给简爸简妈，让带到美国来给宝宝。苏林玲拿着礼物，几乎看也没有看，就扔在一边。简妈说：“好歹也是你妈一片心。”拿出衣服和手镯给宝宝穿戴上，苏林玲看见了没有任何反应。

第26章

苏林玲的心给姑姑的话打动，尤其她又说到奶奶，自己这辈子是不会原谅妈妈，可是她也知道奶奶希望她们母女亲密，奶奶在世时曾不止一次地说：“玲啊，奶奶福薄，没有儿孙，家里就只剩下你们。你不要怪你妈，她也有她的难处。将来我不在，你也就只剩下她。我希望她好好地疼你，你也好好地疼她。”

奶奶如果在天有灵其实也是看到了的，从奶奶过世，苏林玲和林玉芳的感情就转进了死胡同，从来没有转出来过。苏林玲和林玉芳似乎都努力过。可是没有达到期望的效果，母女俩生疏得可怕。

当姑姑再次重复地说让林玉芳到美国来时，苏林玲终于松口：“我要是愿意，人家还不一定愿意！”苏德香说：“等的就是你这句话，你妈哪里有不愿意的道理？”林玉芳主动电话给苏林玲：“听说你又怀孕，亲家那边没有空过去，其实，我和你爸都想过去看看你们。”

“你们愿意，我办你们过来好了，不过，别老拿我爸说事，我爸都死三十几年了。”苏林玲毫不留情，林玉芳噎得什么话也说不出。

林玉芳和杨广义到纽约那天是傍晚，苏林玲屋前屋后地收拾半天，死赖着不肯出门，最后对简天明说：“还是你一个人去接他们好了。我怕宝宝到机场乱跑。”

简天明“哦”了一声，有些犹豫：“我怕我认不出来他们，只见过一次，而且是那么多年前。”

“有什么认不出的，一架飞机上能有多少他们这样的人，要不等到人都走光了，剩谁就领谁回来。”苏林玲气呼呼地说。

简天明不敢吱声，苏林玲和娘家的关系一直是他们之间的地雷，他怎么做也不对，怎么做都一样是引爆。这次苏林玲说申请他们来，简天明有点意外，但是知道自己反对也没有用。简爸安慰他说：“这是好事，阿玲生孩子，有老人在，终究我们也放心些。人家始终是母女，不管怎样，都是一家人。人总要往前看，尤其是你，你外父外母没有得罪你，你要把握好分寸。”

简天明说：“阿爸，你知道我本来就反应慢，阿玲又是急脾气，唉，只有相信车到山前必有路，希望他们开开心心地来，开开心心地走。”

苏林玲见到林玉芳和杨广义时，还真佩服简天明没有接错人。两个人的变化都太大。老了好多，尤其是林玉芳，应该也就六十岁不到，怎么感觉奔七十了似的，一脸的皱纹不说，行动也十分迟缓。苏林玲跟他们联系本来就少，每次也只是客气的套话。间或从姑姑那里知道宝弟特别不争气，给他找的工作不好好干，成天在外面瞎晃悠。自己都养不活，更别说成家立业，三十还光棍一条。在家里就是霸王一个，对着二老呼三喝四，不如意还会动手。听的时候这些事对苏林玲是个抽象的概念。而且也不觉得心疼，还有他们自作自受的快感。真实呈现在眼前，过多和过早的皱纹和白发预示着这些年他们应该过得不如意和不顺心。苏林玲心里堵得很难受，这也是她生命里很亲近的人。

还是林玉芳打破了沉默："怀孕了，还这么瘦，要多吃点。"

"人家现在流行怀孕不胖，生了不用减肥。"苏林玲顺口接道。

林玉芳叹了一口气："你怎么说怎么好吧，这回是女儿，多件小棉袄，好啊。"

"棉袄好吗？我也是你的棉袄，你也是外婆的棉袄。"苏林玲不客气地答，话出口之后，看到林玉芳黯然的神色，又有些后悔，便转开话题，"你来看看这房子，四百多平方米，因为你们来我们才买的。"

"那是多少平方米呀，不是说你们已经买了很大的一栋房子？"林玉芳有些疑惑。

"以前的只有三个卧室，也只有这一半大，你们先来看看你们的卧室，在楼上。"

杨广义忙着搬行李，虽然简天明一直在旁边说不用。现在苏林玲开口说看房子，简天明借机："爸，阿玲说让你一起去看你们的房间。"

简天明的"爸"叫得极其顺口和自然，却把在场的人都吓一跳。苏林玲几乎是有些恼怒地瞪简天明一眼。林玉芳和杨广义一愣，跟着眼睛一亮，林玉芳看到苏林玲的脸色，心情又暗了下来。杨广义没有去看苏林玲，激动得急忙放下行李："好，好，我去看，你也去看，东西放着，等会我来拿。"

因为决定让林玉芳杨广义过来，简天明和苏林玲急急地换了房子。这回换到了好学区，面积也大了好多。那些年美国房子的价钱是芝麻开花节节高，他们是在最高峰的时候2007年底买下了他们心仪的房子，整整八十万美金，房子虽然建于二十世纪八十年代末，装修都有些陈旧，但是细节之处还是很有豪宅风范。一家人付了二十万的首期，兴高采烈地搬进新房子。

宝宝前屋后院地跑，指着游泳池说："妈妈，我要去游泳。"把苏林玲吓得，狠狠地拽着宝宝的手："宝宝要记得，游泳一定要和爸爸在一起。"忍不住又对简天明抱怨，"都说了不要买带游泳池的房子。"

简天明笑呵呵："那游泳池不是豪宅的标志吗？"

老上在一旁打趣："你们要一个孩子换一栋房子，你们要是生六个孩子，估计得住白宫去了。”

“你就不信我再生个当美国总统？”简天明也很认真地回复。

苏林玲一旁听着心想：过嘴巴瘾去吧，生完了这个就完成任务。有儿有女的人生应该算是完满的！

因为房子大，再加上那时要卖旧房子。苏林玲怀孕还上班，简天明拖着宝宝，真的也没有空收拾。林玉芳和杨光义来的时候，家里是一片狼藉。林玉芳开始了彻底清扫，几天过去，家里彻底变了样。不仅窗明几净，地板都干净得可以坐下吃饭。

杨广义更是没有闲着，收拾完了家里，就开始打院子的主意。到底是军人出生，动手能力极强。简天明买了一些装修的书，做了些翻译工作，就与杨广义一起开始了后院大改造工程，再加上老上，这三个人，周末就来来回回地买材料，周一到周五，杨广义就单干。在没有其他外援的情况下，他们愣是围好了院子，院子的小路还铺上了石头。杨光义一门心思栽在里面，连饭都忘了吃，说是等贝贝出生后空闲就不多，所以要赶在贝贝出生前，给贝贝准备好一切。

苏林玲对林玉芳说：“叫他别那么辛苦，到时请人做。”

“浪费那个钱！你看看，他干得多开心，退休了，还没有见他这么开心过。”林玉芳顿了顿又说，“我也没有这么开心过。”

苏林玲听得一股暖流过心头：“他还打你吗？”她突然问。

“没有，没有，就一次，就是你和彩云撞见的那次。”林玉芳有些猝不及防，急急地回答，“再也没有打过了，他其实是个好人，对我也挺好，真的，他就是脾气差点。”

苏林玲听林玉芳语无伦次的话语，心里明白了八九分，感慨很多，只是母亲都不计较，她还能怎样，如果母亲不是这样的回答，她又能怎样。虽然是她的母亲，可她终究不能去操纵母亲的生活。很多的东西也并不由她来决定和选择。

苏林玲偷偷地扫了一眼林玉芳，的确她的脸色比刚来好多了。可是面前这个老妇人，有谁会相信当年也是有名的一枝花？岁月带走的岂止是青春和容颜？还有回不去的情感、伤心和开心。林玉芳注意到苏林玲若有所思的神情，忙着转换话题：“宝弟太不争气，一天到晚没有个安宁。到了你这里，我们才清净。”

第 27 章

每次说到宝弟，苏林玲都变得无言。宝弟宝妹，名义上是她的姐姐和弟弟，事实上宝弟也和她同一母亲。但是对她来说，却一样遥远和陌生。奶奶过世前，他们对苏林玲来说，是个符号，奶奶过世后，曾经有一段时间三人被迫挤在一个屋檐下，但是那时大家都大了，几乎不说话。对宝弟，苏林玲还藏着一股恨，如果不是他，或者奶奶不会那么早死。虽然姑姑说过好多次，那是奶奶的命，和别人无关。

苏林玲清楚记得，母亲的肚子变大，看她和奶奶的次数就变少，奶奶对妈妈说："你身子越来越重，不要过来，我和玲玲都好。"后来有天，奶奶领着苏林玲去妈妈和"那个叔叔"的新家。那应该不是她第一次去，却是她对那个家第一次有记忆。妈妈在床上躺着，旁边有个小小的婴儿。听说因为婴儿个大，林玉芳生了三天，产后身子异常虚弱。看到她们去，挣扎着想起来，又给奶奶按下去。屋里还有一个老太太，奶奶让苏林玲叫奶奶。她明白那是叔叔的妈妈，便扭扭捏捏地不开口。那个奶奶根本不在乎，对她们是爱理不理，只是把奶奶带过去的鸡蛋和母鸡收拾起来，水也没有叫她们喝。苏林玲也不稀罕喝他们的水，奶奶一直是笑的，她以为奶奶和自己一样。其实根本不是，奶奶一回来就抱着爸爸的遗像哭了个昏天黑地。把苏林玲哭得六神无主，手足无措。哭得她平白无故地对那个屋子里的人多了一份怨恨。

第二次对那个家有印象应该是几年之后，苏林玲记不清因为什么事情，反正她是和何彩云一道去的。还在屋外，就听见里面有大声的争吵，等她们推开门，正好看到杨广义扇林玉芳耳光。杨广义和林玉芳看到她们两个都愣住了。苏林玲只是傻呆呆看着杨广义。杨广义被看得有些不自在。谁也没有想到，何彩云突然疯了似的扑向杨广义就咬："让你打我舅妈，让你打我舅妈！"关于事情的后续苏林玲没有记忆。当时她是什么也没有说，什么也没有做。事后她对自己发誓，再也不要踏进这个门，这个门里的事情和她一点关系也没有。

后来彩云把这事告诉奶奶，奶奶伤心得又是一顿大哭："德胜啊，你媳妇，你含在嘴里怕化了的媳妇，她现在的男人打她，打她，我们这过的是什么日子？"苏林玲在旁看着，心里好恨好恨。她的恨不止对杨广义，还有林玉芳，她恨所有让她奶奶伤心的人。

苏林玲的确没有再去过那个所谓的家。直到奶奶生病，全身烫得不得了，起初两天，奶奶说躺躺就没有事，年纪大了，难免有个头疼脑热的。苏林玲信了，奶奶那时的确有时会有不舒服。可是过去三四天，奶奶没有好转，却有恶化的趋势。苏林玲着急，她跑到林玉芳那里。林玉芳正赶着出门，宝弟闯祸，把人家小朋友的手臂折断。想着老人家可能因为天凉感冒，就给了苏林玲一些退烧药，让她先回去。

可是奶奶吃了退烧药，也没见好到哪里去，半夜烧得更厉害，呼吸还急促，苏林玲怕了，她决定送奶奶去医院，可是奶奶根本不能走。她摸着黑去敲了教工宿舍的门，有一位老师好心地帮她用自行车把奶奶送医院。见到值班医生，医生说病人情况很危急，要转住院部，让他们先去交押金一百块，家里所有的钱她都拿上了，数数也就三十块。苏林玲想起她妈："我去找我妈拿钱，你们先救我奶奶。"说完就冲进黑暗。

林玉芳一听说奶奶上医院了，也着急，但是家里的钱下午全赔给宝弟闯祸的那家。她们娘俩深一脚、浅一脚地到邻居家里去借钱，在苏林玲的记忆里，那是唯一的一次和林玉芳那么亲近，唯一的一次和林玉芳那么心齐。等她们拿着满手的零钱赶到医院，奶奶已经走了，无声无息地走了。医生只是简短地说："应该是肾炎和肺炎造成的，人到住院部时已经没有用了，我们也联系不上家属。"

苏林玲不记得自己当时做了什么，但是肯定没有哭。因为她知道天塌了，哭是没有用的。奶奶走了，把苏林玲生命里的脊柱抽走了，她们曾经相依为命十几年，奶奶说得最多的话就是："我呀，要活到我玲玲结婚生孩子，我给她带大胖小子。"起初苏林玲听不懂，后来懂了不好意思："奶奶，你胡说些什么？"

“那你希望奶奶早死？”

“奶奶你要活一百岁，我到时赚钱，我要好好地孝敬你，我要给你天天做肉饼汤。”

可是奶奶没有实现她的诺言，奶奶没有和她道一声别就离开了。苏林玲知道，奶奶心里是不愿意走的，奶奶最爱的玲玲还没有成年，她怎么舍得离开？是有人逼她离开，这个人就是林玉芳。虽然随后赶来的苏德香抱着苏林玲好一顿劝说，可苏林玲早已认定，就是林玉芳害死奶奶的。如果林玉芳早些带奶奶去医院，奶奶就会活下来。

苏德香把苏林玲接到自己家里，林玉芳一看女儿这呆呆傻傻的样子，更不敢刺激她。那时快近中学毕业考试，宝妹就是考进幼师，再读四年毕业，比起读高中和大学可谓省时省力。杨广义和林玉芳也希望苏林玲可以走这条路。

苏林玲曾经也是这样订自己的目标的，读个幼师或是护校，很快出来赚钱，和奶奶过上好日子，再也不要用妈妈的钱。可是突然之间奶奶没了，目标和动力全没了。苏林玲不知是否还有活下去的意义。在苏德香家住，何彩云变着法子让苏林玲开心些。但是苏林玲没有法子让自己开心起来。她连中考都没有去。林玉芳又气又急，又没有办法。只有让她继续上高中。

开学后，苏林玲不得不离开苏德香家，要住到林玉芳那里，她心里一千一万个不愿意。可她没有得选择。那个所谓的家，其实和她一点关系也没有。刚开始，林玉芳和杨广义似乎也想讨好她，可被苏林玲一概拒之门外。时间长了，别说杨广义没有耐心，连林玉芳也一肚子恶气。苏林玲对林玉芳更是恶气没有地方发，她觉得林玉芳明显地对宝妹好过对她。竟然还希望她理解和支持，说为了一个大家庭的团结。苏林玲不明白，为什么林玉芳要牺牲那么大，为什么杨广义对她却没有好过宝妹？

事实上苏林玲也不在乎，他们对她好是假惺惺，他们对她不好，她更心寒。林玉芳要她事事以宝妹为先的做法让她觉得不公平不可以接受。苏林玲想要的只是离开这个家。谈何容易？以前和奶奶住的旧房子，她一个十几岁的女孩，怎么可能单独住在那里。苏德香家在乡下，只能有假期再过去。不过后来，苏林玲终于找到了她可以去的地方——学校宿舍。

学校的高中部有宿舍给家里在乡下的学生们，不收费，但是条件差得要命。一间巨大的空屋，里面摆了大约三四十张上下铺的单人床，床之间的空隙只能让一个人走过。苏林玲从来不知道那间房究竟有多大，里面究竟住了多少人，她也从来没有看清过那间房和每个人的全貌，大家都挂着蚊帐，缩在自己的天地里。但是苏林玲很喜欢，至少那里有个真正属于自己的空间，不用看任何人的脸色。也不用迁就任何人。

苏林玲在那里住了差不多四年，她明白生活就是艰辛。那些农村孩子为了跳出去，拼命读书。看到她们的用功程度，苏林玲胆战心寒。原来一辈子生活在农村是这么可怕的事情。到林玉芳去世后，苏林玲才领悟林玉芳当初真是不想让自己留着农村一世，希望自己有个好将来才嫁给杨广义。只是后面的很多事情不是林玉芳预料得到和可以操纵的。林玉芳也有太多的无可奈何。

第28章

苏林玲那时保证每天回家吃饭，表示自己还是那家的一分子。学校的住宿条件恶劣，苏林玲住在那里却安心，尤其杨广义妈妈还经常来儿子家，老人对苏林玲极其不顺眼。苏林玲几乎没有什么新衣服，所有的衣服都是宝妹穿剩的，老人甚至将宝妹剩下的衣服里好些的都悄悄藏起送人。好吃的，那更不要说，只给宝弟宝妹。那时宝妹周末才回来，老人会把零食藏在枕头下给宝妹留着。苏林玲冷眼旁观这一切，她不妒忌，也不怨恨。所有的不满全堆在林玉芳身上，林玉芳是妈妈都做不到爱她，凭什么要求别人来爱她。

高考第一年，她差了三分，名落孙山。杨广义想着要不让她找零工。林玉芳却坚持让她复读一年。第二年，她考上本科，也是从那年开始，学费开始改革，一年一千多，这对于一个月才赚三百多杨广义来说简直要命。为了这，杨广义和林玉芳吵得天都要翻。苏林玲知道母亲和杨广义吵架是为了自己，她一点也不感动。林玉芳是在做戏，一直扮演着伟大媳妇和母亲的角色，又想加场催人泪下的悲情戏，她无需配合。

那时何彩云在广东中山的一家电子厂打工，听说苏林玲考上大学，正好厂里也放假，就跑回了。苏林玲看到她，异常高兴。不住地询问广东新鲜事。何彩云说："你对我打工怎么那么有兴趣，难道不想读大学？"

"是啊，我想和你去打工。"何彩云让漫天乌云全散，苏林玲终于找自己可以走的路。

林玉芳一直没有机会向苏林玲诉说自己当初知道苏林玲和何彩云去广东打工之后的心情。她差点追去中山，给苏德香劝住："你想想你自己当年，听了你父母的吗？让玲玲走自己的路好了。"

"我是怕她后悔的时候已经没有路可以走了。"

"那也是她的命，人一定要认命。"

林玉芳不得不承认人是有命的，自己为苏林玲可以到城镇生活，费尽心机，结果却徒劳无功，苏林玲后来的生活与此一点关系都没有。领袖邓小平的一句"改革开放"，把她想也不敢想的梦变成现实。而自己当年种种牺牲努力，却在她与苏林玲之间造成无法修复的裂痕。让苏林玲和奶奶另外分开住，当时觉得是最好的解决办法，减少家庭矛盾，却最终制造了她和苏林玲之间永远填补不了的沟壑。

这些年，林玉芳看着苏林玲一步一步往前走，心里真是欣慰，虽然苏林玲不需要她的喝彩。宝弟不争气时，她越发地患得患失，或者当初的再嫁是个错误，如果不嫁，苏林玲一样有今天，而且和自己应该感情亲密，自己也不会有宝弟的烦恼，有和杨广义的矛盾。杨广义人不坏但是脾气暴躁，这些年，林玉芳不知独自吞下多少委屈和眼泪。

林玉芳在苏林玲家住的那年，大家不约而同小心翼翼回避往事，对这难得的相处机会，倍加珍惜。苏林玲带着他们去华盛顿看樱花，杨广义在白宫前手舞足蹈："连美国总统住的皇宫我也看过了，这辈子值了。"苏林玲有些诧异，看一下美国总统住的房子，和一辈子就可以划上等号？这种感觉自己无法体会。她同时意识到，原来人与人那样不同，她想起老板娘的话，这个世界不止黑和白两种颜色。

在心底对于往事，苏林玲也没有那么不可原谅了，虽然谈不上什么赞同，但在某个层面，她变得有些理解和接受他们。那个物质缺乏的年代，很多事情的处理现在看来都不可思议，但若是把自己摆到那个位置和时间，也不见得会有更好的方法。

杨广义把苏林玲家的后院彻底改造，搭了葡萄架，整了院子，还劈了一块自留地，种菜。那个夏天，他们一直吃着自家院子里的有机新鲜蔬菜。杨广义买了两颗桃树，居然做了嫁接，说过两年就有得桃子吃。

简天明说："爸妈你们下次来的时候就可以吃。"

杨光义和林玉芳齐声笑呵呵地答道："好啊，好啊。"

“下次来，我贝贝就会叫婆婆了。”林玉芳接着说。

林玉芳和杨光义来之前，苏林玲和简天明都胆战心惊，尤其是简天明，苏林玲的牛脾气他虽然清楚，但她什么时候会发牛脾气，他还没有琢磨透。所以也特别担心不小心碰了哪个键，苏林玲就失控，自己父母，长长短短还好说一些，这次是外父外母，而且外父又不是苏林玲的生父，以前他们的关系还不怎样。

怎样称呼杨广义，简天明就很伤脑筋。上次回家乡，和他们只是见了个面，简天明不记得是否叫了杨广义。那次时间短，人多，容易蒙混过关。这次不一样，大家朝夕相对，搞不好会很影响家庭气氛。为这他特地咨询简爸。

“当然叫爸。”简爸觉得这个问题问得好白痴。

“阿玲自己都不叫，要是她不开心，怎么办？”简天明觉得自己是左右为难。

“阿玲是个善良的女子，她只是需要时间转弯，你和他们又没有什么过节，老人来帮忙带孩子，首先要让老人开心。”简爸问题看得很通透。

确如简爸预料，老人对这个称呼喜出望外，苏林玲有点吃惊，但终究没有阻止。她自己尽量避免称呼杨广义，杨广义也明白，有事时主动往上凑，绝不让苏林玲难堪。相对于简爸简妈他们那次来，这次多添了一个宝宝，事情更多，关系也更复杂。简天明和苏林玲反而觉得更轻松。探究原因，简爸一点家务也不会干，至多抱着孩子玩十分钟。杨广义不同，他是家务做饭样样精通，这样林玉芳就不像简妈那么累，林玉芳他们比简爸简妈他们年轻，也没有那么讲究，吃饭就照着孩子的口味来。

奇怪得要死的事情，贝贝居然一颗湿疹也没有长，苏林玲长舒了一口气，要知道当时为了宝宝长湿疹，简妈没完没了埋怨。气得苏林玲说："要不我把人家基督徒的饭前祷告改成我饭前认罪得了。"

还有晚上带孩子，他们也解决得很好，是林玉芳做的安排。简天明和苏林玲他们睡得晚，所以12点以前喂奶就他们自己解决，后半夜，他们老两口帮忙。反正他们睡得早，后面也睡不着了。简天明对岳母心生感激，这么妥贴的安排简妈也挑剔不出毛病。祖孙三代，六口人，和和美美地过了快一年。简天明很认真地对苏林玲说："我们给他们办移民吧，他们不止一次地跟我说，他们在这里呀，过的是神仙日子，好开心。"

苏林玲也很认真地看了简天明两眼："说你没脑，你还是博士，说你有脑，你怎么连基本的人情世故都不懂？"

"不许进行人身攻击。"对苏林玲这种半开玩笑半认真的说辞，简天明习以为常，"难道他们说的是假话？"

"他们说是真话。"苏林玲叹口气，"这里对他们来讲，确实是世外桃源。尘世中的烦恼都避开。可是要他们移民，怎么可能，就是我亲爸，也不一定愿意。"

"为什么不愿意？"简天明好生奇怪。

“你也是当爸爸的人了，他在国内还有儿子女儿，八十多的老娘，怎么可能抛得开？”

“那倒是，那倒是，老婆说的就是有道理。那你觉得怎样办才好？”简天明茅塞顿开。

“能怎么办？以后再申请他们过来多玩几次。”苏林玲重重又叹口气。

第29章

林玉芳他们要回国，苏林玲有了不舍之情。在苏林玲记忆里，这是第一次。让她没有想到这也是最后一次。林玉芳在一旁抹眼泪，眼睛都抹红。杨广义的眼眶也是红红的，拉着简天明不停地说“谢谢”。简天明丈二和尚摸不着头脑。

杨广义说：“不是你们，我这把老骨头，怎么可能到美国来玩，还去看了白宫，美国皇上住的地方。”

“那是美国总统住的，让你们到美国来是我们应该做的。回去休息一段，再办你们过来玩。”简天明说得很诚恳。

每个人心底都为描绘中的下次重逢而激动着，尤其苏林玲林玉芳，母女间冰山开始融化。林玉芳想着回去拜祭苏德胜，告诉他玲玲在这边的情况，让他在那边安心。

重逢的日子里，苏林玲每次看到母亲抱着贝贝，慈爱的目光，便不由自主地感动，自己出生时，母亲应该也是这样看着自己，这样地爱着自己。她也终于明白，即使母亲可能做过一些伤害自己的事情，但绝非她的初衷，有些东西不由母亲所掌控。母亲的确已经尽力。苏林玲悄悄对林玉芳说：“回去还是要给宝弟想法找个工作，再让他成家安定下来，这样你们下次来，会更安心。”林玉芳连连说着“是”，眼泪又流出来，女儿回到了她的身边，还开始关心弟弟，她多年的期盼，终于实现。

苏林玲本想把贝贝先送人带一段，过个一年半载，再申请他们过来。命运没有给他们这个机会。林玉芳和杨广义回去不到三个月。姑姑打电话过来让苏林玲回国一趟，说有重要的事情要商量。

苏林玲笑着说：“有什么重要的事情不可以电话里说，不会是突然发现我爸原来还有个金矿，等着我回去签名拿遗产？”

苏德香哭了：“你这孩子，还有心情开说这样的话。你赶紧订机票回来就是。”说完把电话挂了。

苏林玲一头雾水：我回哪？深圳，中山，还是昆明？发生什么事了？这姑姑也不说清楚，我现在还拖着个奶孩子，怎么回去？她决定先到林玉芳这边了解一下。电话宝妹接的，苏林玲也没有疑心，宝妹也是要回娘家的：“麻烦你叫一下我妈接电话。”

那边却没了声音，一会电话就断了，再打过去不通。苏林玲有些生气，和我妈说个话惹谁了？只好拨回姑姑的电话：“姑姑，你有事直接说，我这里要回去也不是很方便，我下次出差过去行吗？”

“不行，你就得赶快回来！”苏德香一口否决。

“你告诉我什么事，我回哪？”苏林玲真是摸不着头脑。

“回你妈家。”

“我妈家，他们怎么了，前两天讲电话我妈什么也没有说。”

“你妈她昨天白天还好好的呢。”

“我妈出事了？我刚电话过去，宝妹接的，断了，我没和我妈说上话。”苏林玲越发奇怪。

“你回来就是。”

“你得告诉我到底发生什么事，不然我不回去？”苏林玲有些上倔劲。

“你不回来？好，你妈死了你都不回来？”

“我妈死了，姑姑你胡说些什么？”

“你妈真的没了，就是昨天晚上，医生说是心脏病突发。”

苏林玲一直到登上飞机，脑袋里嗡嗡的声音还没有停止，家里一大摊的事情，她也不知怎么安排，事情也实在太突然，简天明不知所措，只知道苏林玲得赶紧回去，着急订机票，本来应有的伤心都不知安放哪好。苏林玲记挂贝贝怎么办，又不能带回国。还好老板娘一手接过担子，让苏林玲安心回去：“处理好母亲的后事再说。”苏林玲心里一阵感动，从和老板娘相识以来，她们经常斗嘴，但是每每最需要的时候，老板娘总是伸出双手。大约患难之交就是这样。

终于在回去的路上，苏林玲想明白了回去是给母亲办丧事。可她转不过弯，母亲回去时神采奕奕，信心蓬蓬说要再来美国。前几天电话里也是中气十足，怎么说没就没了？苏林玲更不明白，自己生命中最重要的人总是走得突如其来，没有留任何一句言语给她，奶奶、彩云、母亲。是命运的安排吗？命运为什么这么残酷？有谁能体会至亲至爱的人一个招呼也没有，就突然离去的感觉？

死别是苏林玲从小就知道的一种不可避免的离别，她的父亲不就是恋恋不舍地走了？可是奶奶、彩云、母亲她们这样走，苏林玲犹如被抛弃。生活中，大多死别都是预料中，安排好后事，在电视和电影中，还要和舍不得的人说清楚自己内心的感受，然后安然离去。为什么到苏林玲这里，全变了样。她们一个比一个急迫，一个比一个更匆忙，不管什么形式，都不约而同没有留给苏林玲一句话。苏林玲的心痛，与其说是痛她们的离去，不如说更痛的是她们没有和她道别。这种没有道别的离去让苏林玲觉得她们根本不在乎她，她们很享受看她在这种悲痛中挣扎。

苏林玲越想越不清楚，泪水无声流，直到精疲力尽昏昏睡去。到了昆明，人已几乎虚脱。等她的是和母亲的最后道别，还有一场看不见的纷争。

宝妹夫妻借了车来昆明机场接她。苏林玲好想问母亲最后到底发生了什么事，看到司机在场，忍住没问。苏林玲和宝妹，这挂名姐妹，从来没有相互喜欢过，甚至在心底还彼此怨恨。苏林玲恨宝妹夺走了母亲的爱，不管母亲是否是做表面文章，反正谁看过去都觉得，母亲对宝妹绝对比对苏林玲好。为这事，姑姑苏德香是气得不得了，这也是她对嫂嫂唯一有抱怨的地方，只是随着苏林玲的成家出国而淡忘。但是苏林玲没有忘，即使母亲去美国帮她带孩子，令她对母亲宝妹怨恨有所减免，但绝没有忘记。有人曾经说爱会随着时间去磨灭，但怨恨不会，怨恨有时还会因为时间的发酵，变本加厉。苏林玲对杨宝妹的怨恨虽然没有加重趋势，但绝对铭刻在心，她也从没有想过要和杨宝妹搞好关系。

杨宝妹对林玉芳这个后妈，是欢迎的，漂亮的后妈来了之后，家才开始像个家，甚至比以前的家还要像家，林玉芳对她很好。后妈带了个拖油瓶，虽然她们不在一个屋檐生活，可却一个学校，尤其是小学时候，有同学会故意问：“杨宝妹，那是你妹妹？她为什么姓苏，还长那么好看？”杨宝妹听到这些，她恨不得先撕了说话人的嘴，再把苏林玲撕碎。她对苏林玲有的是嫉妒，只要一触就火山爆发的嫉妒，没有机会爆发出来而已。长大后杨宝妹几乎和苏林玲没有什么交集，可是苏林玲命好，大学都没有上，还是嫁给博士，而且去美国。自己中专毕业后，幼儿园当老师工作虽稳定，却也十分辛苦枯燥，老公还算好，可小镇上的人看美国像是遥不可及的天堂。对这个挂名妹妹，她又多一份羡慕。只是人家高高在上，自己想攀也攀不上。

快进家门的时候，杨宝妹很小声地说：“你姑姑和舅舅都来了。”

第30章

苏林玲愣了一下，姑姑一定会来，可这舅舅，她从来没有见过。林玉芳什么时候恢复和娘家来往，苏林玲一点也不知道，林玉芳在自己家中住时，苏林玲才知道外公早就过世，外婆瘫痪在床，一直由舅舅照顾。回国的时候，林玉芳还特意征求苏林玲的意见应该买什么礼物给他们。苏林玲对这面也没有见过的亲人，一点感觉也没有。想着舅舅一家照顾着外婆也不容易。就特别下重手给买了厚礼。林玉芳直说："花太多钱了。"苏林玲说："外婆你也照顾不到，这些东西如果可以让他们开心一下，也值。"说得林玉芳热泪盈眶。

林玉芳的遗体在殡仪馆。苏林玲想着只是等她见一下，就火化安葬。谁知不是，大家意见不一致，正闹着，原来宝妹告诉她姑姑和舅舅来了并不是顺口提，隐藏深意。

姑姑苏德香一见她，就冲上来："你可回来了，让玲玲说，玲玲的意见大家得听，是不是？"杨广义抬眼看了一下她，低下头，什么也没有说。“玲玲，玲玲，我是你舅舅，我是你舅舅。”舅舅走上前，拉着苏林玲，老泪纵横。

苏林玲木然地站着：“等我先坐下，你们跟我讲清楚怎么回事，好不好？”

大家七嘴八舌一通说，苏林玲头都炸了，也终于弄明白他们的纷争所在。姑姑说林玉芳应该葬回苏家，因为她和苏德胜是原配夫妻，应该葬在一起。杨广义说这样不合理，林玉芳在杨家是生了儿子的，葬杨家才合适。舅舅说公平起见，另外找地。苏林玲心说：死都死了，葬哪里有什么关系？这些功夫都是给活着的人看，太累，人却无法摆脱。

苏林玲注意到，在这里说话的自己这一辈只有自己，杨宝妹进来添添茶水，然后似有意又无意地看她两眼。苏林玲从那目光中，感觉里面有话：“你们的意见我都明白了，也听听宝妹的意见吧。”听苏林玲这样一说，杨宝妹一愣，赶紧说：“我没意见，没意见，也轮不到我有意见，我毕竟不是林姨生的。”

“那宝弟呢，让宝弟也说说。”苏林玲自进门一直没有看到杨宝弟。“他有什么资格说话，你妈就是他害死的。”苏德香又激动起来。

又是一阵各说各话，苏林玲终于明白母亲出事那天和宝弟因为房子的事情吵了起来，宝弟找的女朋友同意结婚，提出要二老让出这房子当婚房。林玉芳为这不合理的要求气得晚饭也没有吃就睡了，大家想着等她消消气，第二天就没有事。谁知道第二天，林玉芳再也没有起来。

苏林玲的心一阵一阵抽痛，是谁说的，儿女是前世的债，怎么形容得这么贴切，是有亲身体会？她稳了稳自己情绪："只要妈不是宝弟蓄意谋杀的，他就有说话的权利。我要好好想一想，你们也先去歇会儿，别争了，事情总会有解决的办法。"

众人一听，相互看了一看，陆陆续续向门外走去，苏德香走到她身边："玲玲，你可要记住，你是姓苏的。""知道了，姑姑，这个我记不记都改不了。"苏林玲没好气地应着。

苏林玲叫住杨宝妹："给宝弟打个电话，让他回来。"宝妹拿着电话进来："宝弟说要和你说。""姐，你们怎么做我都没有意见，我不回去了，我对不起妈。"这好像是宝弟第一次叫苏林玲"姐"，也是苏林玲第一次听他说话这么有条理。苏林玲为他的逻辑生气："你有没有意见都得回来，你是妈唯一的儿子，妈的葬礼上没有你，你是不是更对不起妈？"

苏林玲把电话递还给宝妹："现在没有人了，把你真心的想法告诉我吧。"

"我能有什么想法？你妈葬杨家也是我期望的，她在杨家日子比在苏家长，只要将来不是和我爸合葬就好，毕竟我妈也是杨家明媒正娶的。"杨宝妹有些气鼓鼓，这里的每个人都似乎忘了她妈。

“知道了，让我再想想。”苏林玲疲惫地闭上眼睛。屋里还到处散发着母亲的气息，走得太急应该还没有走远的母亲，是否知道大家的争吵？苏林玲清楚知道争吵的深处是因为大家都爱着母亲，虽然对母亲来说已经没有实际意义。但是对母亲在天之灵来说应该是种安慰！只是母亲又会愿意葬在哪里？怎样安排可以让大家都满意又符合母亲的心愿！那天晚上，苏林玲梦见林玉芳，她高兴得直哭：“妈，你没死，你看，我就知道你没死。”是冰凉的眼泪让苏林玲醒过来，母亲还是远离了，头依然痛，问题也依然在。

大家重聚一起时，苏林玲把苦思冥想的结果说了出来，就在新开的墓园买四块连着的墓地，把苏德胜和宝妹妈的坟迁过来，将来四个人全在一块，但是谁也不和谁合葬，这样也方便大家扫墓。反正现在是火葬，也不似以前那么讲究要葬于自家的坟地，再加上他们的特殊情况，似乎这是个万全之策。大家也没有异议，只是杨广义说了一句：“一下子买这么多墓地，还有迁坟，要花不少钱。”

“钱，我出。”苏林玲应声答道。想着出发时，乱糟糟的，简天明只是把支票本让她记得带上，还不忘搭架子嘱咐一句：“只要钱能解决的问题，就不是大事。”当时苏林玲懒得和他理论，心里却说他迂腐。现在看来，书呆子简天明也有料事如神的时候。

办丧事期间，苏林玲病着，低烧不退，床也起不来，只有出殡那天强打精神去了。苏林玲看着连在一起的四块墓地，忽然觉得可笑又可悲，苏德胜和宝妹妈这两个邻居都相互不认识！因为自己的提议，要永远地呆在一块。自己的提议究竟是让逝者安息，还是让生者心里舒服？或者母亲应该安心，葬在两任丈夫之间，怎么说都算是了了牵挂。

看到苏林玲的病样，姑姑苏德香急坏了：“我娘家就剩你一个了，孩子，你可得给我好好活着。”

“我不过是长时间没回来，有些水土不服。你赶紧和姑父回深圳，那边也是一大家子。”苏林玲笑着安慰。

“要不要去上海散散心，你舅妈和表妹都没有见过！”舅舅一旁提议。

“下次吧，舅舅，我回国机会大把。”

大家散去之后，苏林玲特意多住两天，因为身体原因，也因为想陪一下杨广义。最后一天，她还起来做饭，杨广义虽然也没有做饭的心思，但这样很于心不忍，就说：“我去买打包盒饭。”

“你就让我做吧。我爸和我妈还没有吃过我做的饭呢。”

杨广义许久说不出话，呆呆站着：“我对不起你妈，她跟着我从来没有享过福，年轻的时候，我脾气不好，不顺心就打她。”

苏林玲的心又一阵针扎般疼，事到如今，又可以怎样？自己也没给母亲什么好的。如果不是因为自己，母亲当年应该可以回上海，如果不是因为自己，母亲也应该不会嫁给杨广义。可是对于母亲的好意，自己从来没有感激过，回报的是漠然和忽视，自己的行为和杨广义一样，只是一个打在身上，一个打在心上。

临走晚上，苏林玲对杨宝妹杨宝弟说：“我隔得远。以后老人家你们要多照顾。”杨宝妹杨宝弟都应声说好。苏林玲抬眼看了一下他们，接着说：“这房子，我有说话权的，对吗？”

“当然，你出钱买的！”杨宝妹答道。

“好，那我今天也就说清楚，当初买这房子就为了二老住，现在依然是，不管谁都没有权力赶爸出去，就是爸想搬出去，没有我的同意也不行。”苏林玲的口气很坚定。

杨宝弟把头低得更下，一声不吭。“宝弟，你三十好几，是该成家立业，但是别打这套房子的主意。妈的事我也不想再说什么，只剩下爸，让他安生地享两天清福。”杨广义坐在角落里，默不作声地流泪，这是第一次苏林玲人前称呼他“爸”。

回美国时，依然是杨宝妹找车送苏林玲去机场，杨广义不说话站在边上。车子快驶出巷口时，苏林玲忍不住回头看了看，杨广义佝偻着身子一直跟着车在走，不停地挥手，苏林玲的眼泪再也忍不住……

第31章

回到纽约，苏林玲的病依然没有什么起色，只好继续病休。老板娘帮忙请了一个暂时住家的阿姨，她倒也没有什么太多操心。每天几乎都是睡，苏林玲觉得自己这样睡下去，要死人的。

这天看阳光还好，苏林玲爬起来去散散步。外面有点风，快十一月，秋天真的要走了，到处是飘舞的叶子，苏林玲跟着那些落叶子，想起有句歌词："黄叶舞秋风，前路也未知西东！"母亲走了，自己的路还似乎很长，以前有母亲的时候，虽然也是独自走，可是不管怎么样，总有个看不见摸不着的后盾在那里，现在没有母亲，这个后盾也消失，心理上的孤单感更强了。

拐角有栋房子挂着展示房屋的牌子。不是周末，也没有什么人和车，苏林玲信步走了进去。意外地见到房屋主人，却是经常见到的邻居，老太太有两只十分可爱的吉娃娃小狗。每次遛狗路过苏林玲他们家，宝宝和贝贝就跑出来和狗狗玩。苏林玲以前只知道老太太住这片区，并不知道具体的位置。

老太太看见她似乎特别开心：“很久没有看见你，还好吗？”

“还好，还好，只是有一点小不舒服。”苏林玲笑着应道。

“愿上帝保佑你，你很快会好起来的。”

“你要搬走吗？”

“是啊，自从老头过世以后，打理这么大的房子对我来说太辛苦。”

“是，是，是。”苏林玲应得有些心不在焉。她有些不明白为什么老伴死、卖房子这么感伤的事情，老太太说起来那么云淡风轻。

趁老太备茶，苏林玲环顾了一下房子，发现这房子的大小和结构和自己家是一样，只是可能因为太长时间的疏于打理，显得有些陈旧。这房屋展示的时间也没有人来，估计是不太好卖。“他们说春天房子的价格会高一些，有没有想过等到春天卖？”她不禁建议道。

“是啊，是啊，每个人都这样劝我，可是纽约的冬天太长，我不想再等，如果现在可以卖掉，今年冬天我就可以去佛罗里达，那里暖和多了。这里有些房子的广告单，你有没有朋友感兴趣？”老太太顺手递过来一叠。

苏林玲看清房子的卖价，差点没有把刚喝的茶喷出来。她摇摇晃晃地和老太道了别，摸索着回了家。住家阿姨看到她的样子，吓了一跳：“你看，这风大，吹坏了吧，赶紧躺下。”

苏林玲五脏六腑都被掏空一样，一样的街区，一样的房子大小和结构，只因为自己早买了两年，多掏了十八万美金，十八万，自己辛辛苦苦存那么多年的首期，几乎就不见了，就是取出来现金，砸水里，都应该有好大的涟漪。以前天天人家说次贷危机，雷曼兄弟破产，总觉得与自己遥远。也知道房价在跌，可是却没有想到是大跌到如此地步，真是勤勤恳恳好多年，一下回到解放前。

还有比这更残忍的事情吗？把所有的以往来个一笔勾销。苏林玲甚至开始怀疑自己生存的意义，真不知自己到这世上来干什么，耽误母亲的一生且不说，自己辛苦半世，竟然是一场空。想自己这些年来，马不停蹄地往前奔，原以为走了好远的路现在却发现不过是环着原点在绕圈，早知如此，还不如慢慢走，或许还欣赏了很多周边景色。

苏林玲那晚开始高烧不退，把简天明吓得六神无主。要送她去看急诊，苏林玲却死赖不去。老板娘闻讯来看她："我以为你对你妈没有感情的，怎么打击这么大？"

苏林玲苦笑："不是因为我妈。不能什么事情全赖她身上。"

"还有第三者，说来听听。"老板娘故意调节气氛。

"是啊，钱，钱，钱。"

"什么钱？你什么时候变得如此计较，办丧事能花多少钱？"

苏林玲默不作声递给她老太家房子的广告单。

"哇塞，你们这个区房子现在这么好的价钱，我要考虑买栋出租。”

“你现在买就赚了，可我买的是两年前，你知道我亏了多少吗？”

老板娘突然很严肃地看着苏林玲：“你玩过沙吗？你有没有印象，如果你去抓沙，抓得越紧，沙漏得越快。凡事都是这个理，越抓越会丢。我们只是平常人家，买个房子有得住就好了，反正你现在也不卖，你不是已经住了两年吗？想想你在这两年里在房子中发生的开心事。”

苏林玲认真地听，也很认真地去想，这两年中，女儿贝贝在这里出生，母亲最后的岁月也在这里，那似乎是母亲一生中最快乐的日子，而且大家都很开心。这些别说十八万，恐怕一百八十万都买不回来。

简天明知道原委：“涨涨跌跌是房价，也是人生，我们已经很幸运，看我们儿女齐全，我工资不高但稳定，你工作上顺风顺水，哪能所有的好事全给我们摊上。”

苏林玲忽然发现原来老板娘和简天明都很深沉，自己原来一直生活在哲学家身边。怎么自己的道行却一直没有得到提高，看样子要好好地修炼一番。

苏林玲想这几天可能是因为太闲，所以老是去想过去的事情，还有一个可能就是自己真老了，老得只剩下过去。过去的人和事，过去的欢乐和悲伤，现在看来都是举世无双的好时光，过去了的根早已不见了影踪，过去了的爱，却如酒越陈越芬芳，只因为所有时光都是回不去的……

宝宝和贝贝经过磨合，对付起来也没有那么难。简天明每天都电话来问宝宝贝贝情况，听到事情开始顺了，反倒有些失落。苏林玲取笑他："还真以为没了你，世界不能转？"

"至少我们家应该不能转。"不过简天明也很高兴贝贝的测试结果，虽然分数不高，勉强还算是通过了测试，好歹证明贝贝是属于正常孩子之列，有一点滞后但稍后赶上也不是没有可能。

"人家爱迪生也给老师退回来过，有什么，我贝贝长大还要得诺贝尔奖。"

"行了，我可不想，长大嫁个好老公，就可以。"苏林玲想也不想接话。

"你怎么这么没志气，至少要读个博士！"

"博士不嫁人，当老姑婆？"苏林玲的嘴巴从来不饶人。简天明已习惯，并开始学习靠拢。逗趣之间家庭气氛好，感情更亲近。

那天晚上苏林玲突然接到了一个陌生号码的电话："是阿玲吗？"

叫苏林玲"阿玲"的，只有在广东那边的朋友，苏林玲的脑袋飞快地转悠会是谁？那边已经自报家门了："我是星仔的爸爸。"

苏林玲的心咯噔一下："星仔怎么了，星仔好吗？"她有些担心起来，因为这个人从来没有主动给自己打过电话。

“星仔很好，你不要担心，我想让星仔出去读书，所以问一下到美国这边留学的事情。”

苏林玲心放回了原处：“哦，这个我不知道的，要问我老公，他现在出差，你把电话号码和电子信箱告诉我 ，我让他回来联系你。”

“好，好，好。”

苏林玲听着他忙不迭地应声，觉得自己是否太冷淡，便又加上：“看看能不能申请我家附近的学校，星仔到我家吃住都不是问题。我想这也是彩云希望的，她生前不止一次说将来星仔长大了就去美国找姨妈。”

“是，是，是。”那边的应声依然很积极，只是添了些黯然。

“我可以和星仔说说话吗？”苏林玲无话可说了。

第32章

放下了电话，苏林玲思量着自己刚才的表现是否得体，会不会让对方感觉自己好冷漠，其实星仔爸不仅是彩云生活中重要的人，他也算是真正改变了苏林玲生活轨道的人。

苏林玲和何彩云不是亲生姐妹，却比亲生姐妹的感情还好。苏林玲从来没有忘记过，自己和奶奶住在那漏风漏雨的小屋，仿佛被世界遗忘，何彩云是她们黑暗中唯一的光芒。一到逢年过节，别人都特别开心，苏林玲是特别伤心，母亲要回杨广义家的。依然只是冷冷清清和奶奶两个人，筷子都不用多准备一双。听着人家的热闹鞭炮声，就是她和奶奶的除夕夜。

初一早上，何彩云会过来，多了何彩云，家里就多了生气。彩云从小性格就好，一天到晚乐呵呵的，怎么都可以把苏林玲逗笑。别的小孩对年节的期待或是新衣、美食和红包，苏林玲的只有何彩云，何彩云的到来就是她的希望，也是唯一的武器用来驱赶年少时无尽的黑夜和恐惧。

到奶奶过世后，杨广义家对她也不甚欢迎，亲戚不知该怎样招呼她合适，苏林玲就直接到彩云家去过年节。林玉芳想干涉，也没有更好的办法，只有由着她。苏林玲和姑姑姑父彩云他们在一起，她觉得更自在，更像在家里。

苏林玲随着何彩云到中山后，先在一家电子厂打工，单调，沉闷，工资也不高，但是苏林玲和何彩云她们却很满足。相对而言，工厂在市内，她们的空闲时间丰富很多。而且这家厂比较正规，并不那么欺负压榨工人。至于赚得不多，反正包吃住，她们自己赚钱自己花，也没有什么压力。

只是干了时间没有多久，厂子就要由市内搬迁到很偏远的小镇阜沙去，听说是个荒无人烟的小镇。何彩云和苏林玲都不想去。她们本来就是小镇上出来的，好容易感觉是进了城，虽然中山城市不大，但是整洁漂亮，生活也很方便。如果去小镇，不是又回到乡下了吗？所以她们积极地找工作，想留下来。

结果天遂人愿，有家叫海上皇的酒楼正好招聘，何彩云个高当迎宾小姐，苏林玲做服务员。和做工厂完全不同，但毕竟是留在了市内。酒楼比工厂辛苦，而且要面对不同的客人。尤其是何彩云，做迎宾。有些轻佻的客人，一见面就说不三不四的话。苏林玲的活表面上似乎好些，事实上也好不到哪里去。有时去包厢给送菜，有的客人动手动脚。苏林玲是个烈性子，根本不买帐，为这差点连工都没了。有的时候她们觉得还不如干脆去小镇做工厂工好了，至少干净自在。

也就是那时，何彩云认识了星仔的爸，那个到中山做生意的香港人。星仔的爸为了和何彩云套近乎，说不要让彩云这么辛苦，可以把她介绍到朋友的厂子里去坐办公室，毕竟迎宾这种工作每天穿着高跟鞋站几个小时不是轻松活。何彩云一听高兴坏了，恨不得马上就去，但是她也提了一个要求，就是要让苏林玲一道去："我姐比我有文化多了，她是考上了大学没有去读的，她更可以做办公室工作。"

这也带买一送一的优惠？星仔爸心里开玩笑，不过为了抱得美人归，他尽了心。不久之后，苏林玲和何彩云就在他朋友的纸箱厂里，一个做仓管，一个做质检。好歹算是让她们开始了办公室的生涯。

刚开始做所谓的办公室工作时，苏林玲激动，一连好些天都没有办法入睡，紧张得不得了，后来发现也是很简单的活，并不是想象中那么神秘。姑姑苏德香也高兴得很，可是后来的风言风语真的让她很难受，她一次又一次对苏林玲何彩云说："让咱干什么都可以，只要是凭自己的本事干活赚钱，什么时候咱都不能卖了自己，干对不住别人的事。"可是那时的彩云根本听不进大家的话，从开始偷偷摸摸和香港人来往，到后来光明正大同居。苏德香到中山参加苏林玲婚礼时，和彩云就闹得非常不开心。苏德香甚至放出来狠话："要是不堂堂正正地结婚，就别回家。"何彩云很听话，一直就没有再回去。

苏德香知道何彩云怀孕，还是到中山来照顾，不管怎样，女儿是自己生的，外孙也没有罪过，况且有孩子后，他们说不准就结婚了。

可是苏德香的如意算盘还是打错，星仔爸对星仔的到来非常开心，毕竟算老来得子，他妻子生的是两个女儿。可就是没有离婚娶彩云的行动。苏德香为了这，和他当面都吵了起来，苏林玲也是回一次中山就说一次，人家倒好，说什么都应着，可就是不办下文。

苏林玲也向彩云施加压力，彩云压根不理，从来不谈星仔爸的私事，所以到现在苏林玲也不明白，星仔爸前面的婚姻到底是怎么个状况。只知道后来，星仔爸说生意不好做，来大陆就少，但还一直给着彩云他们生活费，再后来就说要把星仔带回香港读书。

星仔爸对何彩云应该也是真感情，不然纠缠那么多年，还赡养何彩云父母，星仔也带在身边。从这些看，他算是有情人，可是他背叛了自己的婚姻，耽误了何彩云，又可说无情之至。他没有做任何对不住苏林玲的事情，从某个方面来说，他是帮了苏林玲大忙，这使得苏林玲对他的恨总不那么坚定，尤其星仔还和他一起生活。苏林玲总是劝自己，上一代的恩怨就不要再延续，希望星仔生活在浓浓的爱里，而不是困惑里。她也这样劝说姑姑姑父。好在姑姑姑父都想得挺开，觉得万般都由命，半点不由人。何彩云的路是自己选择的，怨不得他人。所以何彩云过世后，他们和星仔的联系、和星仔爸的联系似乎更加密切了。苏林玲从没有主动联系过他，但是苏林玲在每个节日和星仔的生日都坚持给星仔寄礼物，而且是双份的。她希望星仔可以一直感受到妈妈的爱，不管何彩云走了多远多久。

苏林玲想自己的电话也应该是姑姑给星仔爸的，他们也是希望星仔可以到自己这里来，要是星仔真可以到纽约来读书该多好，星仔长得像极了彩云，苏林玲每次见他，都恍若隔世，星仔在她身边，就和彩云在她身边一样。

简天明终于开完会回来，宝宝贝贝都特别激动，他们从来还没有和爸爸分别这么长时间，抱着爸爸啃个不停，乐颠颠地去拆爸爸带回来的礼物。苏林玲也算舒口气，终于要回去上班，呆在家里好累，以前羡慕那些当家庭主妇的，想象她们的生活多么美好，每天睡到自然醒，想逛街就逛街，想休息就休息，还不用风里来雨里去地赶点到办公室。到自己体会，全然不是这么回事。看别人生活时总是看到阳光灿烂那面。

记得有很多人赞苏林玲嫁了个顾家的好老公，她从不以为意，现在看来，却真是如此，简天明自己还上班，同时照料两孩子，一个大男人太不容易。苏林玲把简天明狠狠地称赞一番，赞得简天明连北都找不着，想了半天才蹦出一句，十足的苏林玲口气：“我不在家的日子，你是不是天天喝酒？我怎么觉得你刚才说的话像喝多了的胡话！”

第33章

苏林玲重新扑回工作，而且工作上也算是开始有些眉目，国内厂子建了网站，开始销售，效果还不错。有零买，也有批发，量上区别非常大，给他们的定价增加了好多工作量。因为以前从来没有产品在国内销售过，所以大家对厂子都觉得有神秘感，现在对国内开放，有好些人专门跑到厂子里来买。苏林玲觉得这种销售方式太辛苦，找代理之后还是要送出去的，但厂家直销却是早期开创局面的好方法，放弃实在可惜。只有加派人手。

赣州厂长还汇报说五月份广州有个大型的服装展销会，希望苏林玲可以过来参加，同时最好带上洋设计师杰夫，要充分利用洋帅哥的魅力，要知道设计师是洋帅哥，杀伤力一大片。迈克和苏林玲一看这理由都笑了，苏林玲说：“你觉得杰夫会去当这个模特？”迈克说：“我不知道，不过你不喜欢并不代表人家也不喜欢，可以问问。”结果大出所料，杰夫非常乐意，他认为这是可以了解国内服装走势的大好机会。苏林玲他们全心开始准备服装展销会的事情，忙得没日没夜。

这天前台告诉苏林玲，她有个朋友来拜访她，没有预约的。苏林玲非常奇怪，她基本很少客人，毕竟工作不是销售和采购。朋友就更加不会出现在办公室。她有些疑惑地来到公司门廊处，看见肖梅站在那里，大花长连衣裙外面罩着黑色小坎肩，宽边的太阳帽，巨大的太阳镜遮住大半边脸。肖梅瘦了好多，以前的珠圆玉润无影无踪。尽管肖梅变化巨大，苏林玲还是一眼就认出她。

前些天，肖梅给苏林玲打过电话，说放春假，想带孩子到纽约来玩，言语中流露来看苏林玲的意思。苏林玲压根没有接这个茬，以为事情就这样过去，没有想到她竟然找到公司。苏林玲有些无奈地把她带进办公室，有些责怪："你怎么来了？也不打声招呼？"

"我只是想来看看你，和你聊聊。"肖梅婚变后这些年，苏林玲对她的态度从来就没有好过，肖梅似乎也习惯了。

"聊什么？"苏林玲指着自己对面椅子让她坐下，故意让她和自己坐面对面，也算对肖梅强人所难的见面的一种抗议。

"你干得不错，还有自己的办公室。"肖梅打量着四周。

"你大老远跑过来就是为了看我干得怎样？"苏林玲口气依然很冷。

"你还是恨我，对不对？"肖梅眼睛有些泛红。

苏林玲心软："我有什么资格恨你？再说你也过得很好，每年的照片一张比一张好看，像活在童话里。”

“这个世界还有童话？”肖梅扬起脸，盯着苏林玲问。

“他对你不好？”苏林玲给盯得有些奇怪。

“无所谓好与不好，他是个爱玩的人，难得在家。”

“天天在家，你又觉得腻，管他呢，钱拿回来就好。”苏林玲尽量让自己保持平常心态。

“每个月就是生活费，我连他赚多少都不知道。还曾经为我拆了家里的水电费单的信封和我吵架。我有时想还不如和老上过，至少钱是我管，人家也真心疼我。”肖梅低下头，盯自己的脚尖。

“算了，鬼子都是注重隐私的，和谁过都一样，没有完美的人也没有完美的婚姻。”苏林玲说的真心话。

“至少我应该不会得这病吧。”肖梅沉默了半天，幽幽地吐了一句。

“你得了什么病？”苏林玲抬眼看着她。

肖梅一把扯下头发，原来是假发，光溜溜的头皮毫无保留。

苏林玲吓了一大跳：“到底怎么了？”

“乳腺癌，化疗的结果。”

又轮到苏林玲不知说什么，有的时候语言真的好苍白无力。她走到肖梅身后，伸出胳膊搂着肖梅，她感觉到肖梅的肩膀一直在自己的怀里抖动着。就这样过了好久，肖梅说：“我该走了。你是我在美国唯一的朋友，看到你，我真的挺开心。”

“你要多保重，好好配合治疗。给我留个电话和地址！”

“不用了，和以前一样，我有空会打给你，如果我活着，我每年给你寄照片。”肖梅边说边站起身，“不要告诉老上。”

“他是善良的人，他不会落井下石。”苏林玲有些迟疑。

“我不是这个意思，我只是不想他再为我难过。”

苏林玲用力点了点头，心头涌起一阵难言的悲哀。

那天晚上，等孩子和简天明都睡了，苏林玲一个人在壁炉边坐了好久。苏林玲想起和肖梅老上他们同住的那一年，原来也有很多的欢乐，只是一直没有去回忆。记得老上烧得一手好菜，就是红白萝卜两样，他也切得细细的，炒得味道绝好，卖相还佳。还有豆腐炖鱼汤，他可以把汤烧得白白的，跟餐馆里一样。那时他们和老上搭伙叫做上餐馆，还直建议老上干脆辞职开餐馆。每次大家夸完老上，肖梅都会在旁边撇撇嘴：“就只有那么两把刷子，又不可以换钱！”苏林玲一直以为这是秀恩爱，耍花枪。

夏天的时候，他们两家结伴去时代广场，看自由女神，海边钓螃蟹。冬天就窝在一起看租来的碟片，打扑克牌。曾经也很温馨，老上还一直说他们的儿女要结亲家。苏林玲把以前的照片找了出来，一遍一遍地翻看，把他们那时的合影摆在一起。照片上的人每一个都很年轻，笑得好开心，只是日子何以得复从前?

春天终于来了，樱花桃花开得浪漫灿烂，纽约这边孩子们也放春假。按照每年的惯例，老上一家都会到他们家来烧烤。今年也不例外，老上的岳父岳母也已移民。五个孩子，六个大人，加上冒着烟的烧烤炉子，把苏林玲家后院点缀得生机盎然。

老上的岳母兴奋地告诉他们去中文学校卖家里种的新鲜蔬菜的经历，说一天就赚了三十几块。老岳父在旁边泼冷水："人家小苏是市场大总监，还来听你的卖菜经。"

"没有，我觉得阿姨好能干，靠自己勤劳赚钱值得表扬。"苏林玲一本正经地应道，同时问老上太太，"孩子也大了，嫂子想找些事情干吗？"

老上的这任太太从到美国来，一天班也没有上过。好容易在好学区买了个小房子，为了分解压力，还租了一间卧室和地下室出去。苏林玲和简天明觉得老上太太该出去上班。孩子越大，兴趣班又多，开销也越大，总是靠老上那点收入不行。苏林玲他们想说好多次，每次都是欲言又止。这次总算借机说出来。

"我又不会读书，家里也没有读书的钱。我妹在国内淘宝网上开了一个店，我想着可以做些化妆品和奶粉代购。"老上太太答道。

"这是个好主意，听说好多人做代购发了，我们这里离厂家销售中心这么近，你也可以代购一些包和衣服什么的。"

"是啊，是啊，我也这样想，可是那包可贵呢，一个就几百，我们根本没有钱。"老上太太说得有些灰心。

"这样，写个可行计划，让咱苏总监看看，说不定她大笔一挥，给你拨笔钱。”简天明取笑道。

大家都笑了。“你就没个正经。”苏林玲白了简天明一眼，起身去屋内切水果。

老上一直不做声地跟在她身后，苏林玲有些奇怪：“你找什么吗？”

“不找，不找什么，什么也不找，我就是想问问，你最近和梅有联系吗？”老上吞吞吐吐。

第34章

苏林玲给问得一愣：“怎么了，你有事？”

“我听说，她生病了。”老上的声音有些低。

“你怎么知道的？”

“我妈听邻居说的，你忘了，我家和肖梅家以前是邻居。”

苏林玲心里说：应该不是我忘了，是肖梅忘了，我是根本就不知道。转头问：“那你想和她联系？”

“没有，我现在拖家带口的，也不方便和她联系。”

“她不让我告诉你，说是不希望你为她难过。”

“我，我不难过，谁还不生病，叫她好好看医生，现在乳腺癌存活率可高，而且不是还有新药在出吗？”老上突然之间变得伶牙俐齿。

“是，是，是，我也是这样和她说，她的精神还好，上个月来我公司了。”苏林玲连声应着。

“噢，噢。”老上有些反应不过来，“她来纽约治病？”

“不是，她南边春假早，带孩子来纽约玩，手术和化疗已经结束了。”

“那就好，那就好，我想你把这个交给她。”苏林玲这才注意到老上不停搓着的手上多了一个盒子：“你知道我现在也没钱，这个戒指是当年给她买的，她走的时候没带去，给我也没有用，她想留着就留着，或者去换钱也行。”

苏林玲接过那盒子，里面的戒指她有印象的。当初老上买给梅生日的礼物，花了八千多美金，原价两万。老上说肖梅老是抱怨人家老外有订婚戒指还有结婚戒指，浪漫得不得了。现在他一次给补齐。简天明说：“八千块，可以买一辆好好的二手车。”苏林玲诧异平常节省得连餐巾纸都要省着用的老上怎么变这么大方：“这钻大得赶上麻将牌。”同屋女博士平常对他们的一切都不屑一顾，那天也没有忍住凑热闹，还酸溜溜对她老公说：“看看，人家怎么对老婆的？”

这个老上，有时真是不知该怎么说才好。苏林玲想说：你不要对人那么好！话到嘴边，还是塞了回去，变成：“刚才嫂子说的代购主意挺好，我们要投资，年底你们记得给我们分红就行。”

“那哪行，全是你们的钱。”

“老上，你不要分得那么清，要不这样，你现在岳父母都在这里，嫂子也有空，让她到我公司楼下的眼镜厂打几个月工。”苏林玲有些冒火，声音大起来。

“行，行，怎么都行，你别上火。”老上推门走出去，却又折身回来，很认真对着苏林玲，“谢谢你，小苏。”

老板娘听苏林玲说了来由：“我就知道你没事肯定是想不起我。”

“冤枉，我还给你带来了上次回国给你买的夏装和丝巾。”老板娘和苏林玲一样，个子娇小，在美国这边穿零号的衣服都大，所以苏林玲经常从国内给她捎衣服过来，两个人审美差不多，合作非常愉快。

“上次回国，不是几个月前？你干吗不明年给我送过来？”

“我也想这样，不是老上交代任务了吗？”苏林玲讪笑。

“你们就是把我当免费的邮递员。”

“那你给我地址，我自己寄。”

“算了，看在还记得给我买衣服的分上，我还是代劳。”老板娘边收起戒指边说，“这人啊，真的是绕不过命，肖梅要是没有这一出，我们还一直以为她生活在幸福的天堂里。”

“是啊，看别人的生活就是看别人穿鞋子，我们只看到鞋子的款式和质地，至于舒不舒服只有自己知道。”苏林玲不无感叹。

“别提她了，有开心的事情跟我汇报吗？”

“有，我表妹何彩云的儿子，星仔有可能来这里读书。”

“这算什么好事？你不知道，现在最怕的就是国内的孩子来这里读书。没听说来了‘小留’等于来了祖宗。”

“别人情况和我的不一样，我就最希望星仔可以住我家，我可以好好疼他，即使他给我添乱也行，这样我就觉得少欠彩云一些。”

“拜托，你不要老把自己当救世主，你表妹的离去和你一点关系也没有。你有没有想过，她的死有可能是个意外，她当时并不想自杀，只是睡不着，安眠药不小心吃多了？”

这个看法好独特，苏林玲需要细细思量可否站得住脚。

“别想，一想我知道你又要找出理由反驳我，我问你，如果真是这样，你的心里是否好受些？如果是就这样想。人活着就应该让自己活得开心些，不要老给自己找些担子往身上背。”老板娘语重心长。

日子一晃就晃到五月，要去广州的服装展销会。苏林玲对这次展销会严阵以待，不仅是因为他们第一次参加类似的活动，而且在没有代理商之前，这是唯一可以大批量销售的方式。每一个细节，从展地租用的大小，布置的人选，甚至连每个工作人员每天的衣服，她都做了安排，全是公司的样品，也算是一个广告宣传。赣州厂长说：“我的衣服，总监就不用安排了，我这么胖，穿啥都不好看。”

苏林玲说：“你的衣服是另类重点，现在国内胖子越来越多，我们的衣服要向顾客传递一个信息，就是不仅针对靓男靓女，对于中年，身材变形者我们也有好的设计，让人变得更美。”

虽然苏林玲不在国内，但每个细节都和赣州厂长细细推敲过，因为时差问题，苏林玲没日没夜，赣州厂长说：“你这个总监也真是辛苦。”

苏林玲说：“广东有句老话说，不辛苦怎得世间财？”

“咱们这么卖力，要是还是销售不好，怎么办？”赣州厂长小心翼翼地问。

“先把你凉拌了！”苏林玲想也不想地答。

这次和杰夫一起出差，苏林玲觉得没有上次那么难熬，苏林玲的心情也放松。他们甚至开始聊了一些私事，当杰夫知道苏林玲结婚快二十年的时候惊叫连连：“你们中国人真的好能忍受，你和桑蒂是我认识的人当中这个年纪结婚最久没有离婚的。”苏林玲忍不住惊叫：“难道你生活中的人全离婚了？”

“是啊。”杰夫回答的时候眼睛都没有眨一下，他出生在美国北部一个偏僻的小镇，或者小镇因为偏僻吧，大家都没有事干，就忙着离婚。他三个月大，父母就离婚，他和姐姐跟爸爸生活，后来爸爸和继母又离婚，继母舍不得从小带大的他，愣是抢来他的抚养权，然后他和继母，继母后来的老公还有孩子一起生活，再后来继母死了，他和继母的老公，还有这个老公后娶的太太孩子一起生活……

苏林玲听着杰夫的述说，嘴巴越张越大，再也没有合上，她一直觉得自己的家庭关系已经很复杂，有继父，不同母不同父的姐姐，同母不同父的弟弟。但和杰夫一比较，简直就是小巫见大巫。这是什么样的家庭？在这样的家庭可以长大还可以长成这样，真不容易。对杰夫忽然她多了几分同情和宽容，杰夫其实和他外表不太一样。

“你的姐姐，我说的是和你同一个爸妈的，你们还有联系吗？”

“我们现在住一起。”

苏林玲又是一惊。

“她离婚了，她没有读什么书，我不希望她孩子将来也这样，就把他们接到自己身边。”苏林玲连声“哦”着，决定不再追问，否则还不知道会链接出什么。

当杰夫知道苏林玲的儿子八岁，就问她一般给八岁的男孩买什么样的礼物他们才开心。

苏林玲疑惑，难道他还有儿子？

杰夫看出了她的疑惑，很坦然地说：“是我姐姐的孩子，因为有些特殊情况，他不是一个很容易开心的孩子。”

苦难最容易引起同情和共鸣，苏林玲在杰夫云淡风轻的诉说里，清晰地看到那个可怜孤独的小男孩的影子，她终于有些理解杰夫为什么到现在也还没有结婚。或者杰夫眼里，结来结去，离来离去，实在是太辛苦，还不如一个人省事。苏林玲简单地认为结婚还是比不结婚好，最少没有那么多寂寞的时光，经济上也好好多，看人家美国报个人收入税，结婚的就比单身的划算好多。但是人家的私事，自己不便指手画脚，每个人都有选择自己生活方式的权利。对于别人的选择，尊重始终应排第一位。

第35章

五月的广州已经是炎热的夏天，杰夫一下飞机，就直说受不了。苏林玲说：“别急，你受不了的还在后面，这种湿热天，广东独有，看着很好的太阳，晒的衣服都干不了，下雨的时候连墙壁上都出水。”

“真的，墙壁出水怎么办？”杰夫给好奇。

“要不打伞，要不用桶接。”苏林玲一本正经。

“怎么打伞，怎么用桶接？”杰夫反应不过来，但看到苏林玲已经笑得前仰后合，也明白过来。以前他觉得苏林玲是个非常厉害的女人，总是让人敬而远之，无法亲近，其实苏林玲有时很可爱。和苏林玲合作干活真是很愉快，她从来不给人压力，而且总有四两拨千斤的能力。

赣州厂长已经在广州订好酒店等他们。一见面，大家都急着投入工作，开始布置场地。苏林玲一进展馆就吓了一跳，几百家企业。

这些年，中国的发展真的是太神速。记得当年她从香港去美国时，惊叹于香港机场的漂亮，而后发现，浦东机场也建得有过之无不及。再到这些城市的市容建设，真是万丈高楼平地起。深圳，上海，北京的繁华程度都赶超纽约。尤其深圳新建的地铁，让她每次在纽约搭地铁时就忍不住狂骂纽约太落后。

因为公事苏林玲回国很勤，可依然每次都觉得变化巨大。记得有次回来，桑蒂问她："现在网上都说，国人见到从外国回去的就开始进行扶贫活动，你是否因此多得红包？"桑蒂带骨头的话噎得苏林玲不知如何作答，可也由此而见中国这些年的发展多么神速。

这次参展因为企业太多，所以一般展会三天，他们的五天。尽管苏林玲觉得他们准备工作做得很充分，但上战场，还是手忙脚乱。一会发现广告单带少，一会发现瓶装水不够用，一会发现样品的选择有问题。大家是团团地忙着，连喘气的工夫都没有。

杰夫看到那阵势说："这，不仅墙壁会出汗，我的五脏六腑都会出汗。"

苏林玲头也没有抬，接道："没有关系，我们准备了好多面巾纸。"

展会那五天，简直谁是谁都分不清，杰夫洋帅哥的魅力可真不可低估，杰夫的照片和简介印在展板上。他们身后的大屏幕电视一直播放着公司的简介，和美国的销售状况，然后杰夫真人版模特就在旁边，那个广告效应不只是好的问题，是超好。人群不断地给吸引过来久久驻足。苏林玲不住地回头夸赣州厂长：“你这招真绝，我一定得到老迈克面前为你请功。”

赣州厂长一听，马上见牙不见眼：“哪里，哪里，是总监的决策英明。”

最最难得，杰夫对这工作没有厌烦，还乐此不疲，和客户鸡同鸭讲，他一直用英文，客户会英文的不多，但是一点也不妨碍人家的交流，也不妨碍人家的销售。反正下订单全是阿拉伯数字。苏林玲说：“全世界采用阿拉伯数字到底是谁决定的，我们先要去谢谢他。”小秘书笑得上不来气。

苏林玲很严肃认真对杰夫说：“回去，我让迈克调你来管中国市场销售部，你看如何？”

“好，好，给我一个漂亮的小秘书。”杰夫毫不示弱。苏林玲发现只要和她在一起的人，呆久了都会贫嘴。看这样子，自己的影响力巨大。

五天下来，大家累了个人仰马翻，但是收获颇丰。收到了好几个非常大的订单。小单就更不用说，厂长都要开始担心生产问题了。老迈克知道销售成果后，也说犒赏三军。苏林玲说：“咱去锦江饭店庆祝吧。”

“到广州去什么锦江饭店，要去有广东特色的地方。”赣州厂长接道。

“对对，对，广东有什么特色？”杰夫明白他们说什么之后马上附和。

“吃蛇，去吃蛇。”小秘书在一旁插嘴道，把苏林玲和杰夫吓得冷汗直冒：“你们去吃好了，拿发票报销。”

结果庆功宴还真演变成两拨，赣州厂长带大家吃蛇宴，苏林玲和杰夫去茶楼，吃点心喝茶。苏林玲想自己是否太随意，让这样的事情发生，但看到杰夫的不以为然，还有中国同事的兴高采烈。她觉得自己是对的。尤其杰夫对广东的茶点兴趣很浓，苏林玲心情好，也介绍得很仔细。赣州厂长那边大家也很尽兴，没有苏林玲在，他们少了很多压力。苏林玲只是隐隐有些担心，这样的事情多发生几次，自己是不是会没了威信。

展会结束后是周末，赣州厂长和杰夫他们说想在广州多待两天，看看风土人情。苏林玲借空去了中山。自从彩云过世后，苏林玲很少去中山，很久没有见简爸简妈他们。广州到中山一个小时的轻轨，简天明心里牵挂着父母，早就准备好礼物，还有一大堆宝宝贝贝的照片，录像及用他们照片做成的纪念品，满满当当地塞了一大袋。

简爸和简妈见到苏林玲，非常地高兴。成为一家人的时间越久，简妈越来越喜欢苏林玲。周边的邻居和亲戚家的媳妇，在简妈眼里，没有一个好过苏林玲的。“我媳妇阿玲人长得漂亮，还能干，大方，从结婚起，我们从来没有贴过一分钱，都是他们来孝敬我们。”简妈听到抱怨媳妇的故事，总是要这样说，回来还复述简爸听，也不忘加上这句。简妈现在唯一的遗憾倒是感觉当初不应该让简天明出国，要是简天明现在在国内，一家人在一起，不知道有多好。

简爸笑道："现在说这些有什么用？两个孙辈都是美国人。你说阿玲好，下次我们去美国，就不要再那么挑剔。"

"我哪有挑剔她，是她自己那时不懂事。"简妈似乎忘了刚才自己说过的话。

简天仪看到苏林玲也挺开心，当初为了房子的事情和嫂子闹得不可开交，现在看来，自己另外买了房子更好，不仅是新区，电梯房显气派，重要的是房价一直在往上翻，这几年下来，自己买的房子几乎又翻番。要是苏林玲当初同意了他们提议，哪里有今天的好事，而且这新房子，自己是一分钱也还没有出过。

简天仪专门请苏林玲到她的房子去参观了。房子在中山市中心石岐河边上，高层风景不错，地段实在是好，楼下百货公司，酒楼超市，步行街，学校都在步行十几分钟的范围内，方便得一塌糊涂。简天仪可能因为太舒适，身子越发圆滚。

苏林玲看着她发福身子，笑她过得真是不错。简天仪也不相瞒，老公现在也做到销售经理的位置，一个月一万多块。自己在眼镜店打的工不过是打发时间而已。车也早已经买了，小日子真是芝麻开花节节高。

苏林玲说："很好啊，那你可以到家里享清福。不过，你们那房子还有多少房贷？我不担保我们一直帮你付下去，这两年我们就有可能卖房子，现在到处风言，中国的房价到顶，我们可不想辛辛苦苦守了那么多年的房子连渣也不剩下。”美国这边房价的起伏让苏林玲吓怕了。把自己首期几乎白付的故事说出来，大家都惊叹不已，只好安慰：还好不是负资产，香港好多人的楼都跌成了负资产。

简天仪虽然有点意外苏林玲这样实话直说，还是应声道：“那是，那是，要趁着高价卖，你们想什么时候卖都可以。”

“大嫂，你卖房子收钱的时候，顺道把我们房子的余款也交了。”简天仪的老公在一旁不失时机插话，让大家都吃了一惊。

第36章

简爸简妈也被女婿说愣，一时之间都不知道怎么接话合适。苏林玲那个气，世上竟有如此贪得无厌、厚颜无耻之人，她冷冷地说："你们儿子叫我妈吗？"

"舅妈和妈不过差一个字，反正也是妈。"简天仪老公没有想到苏林玲这样答，感觉有希望，急忙说道。

"差一个字，差别大着呢，比如你娶的是简天仪，不是简天明，可房产证上写的是简天明。"苏林玲把茶杯往茶几上重重一放，起身进房间。

"你怎么这样跟大嫂说话？"简天仪脸上有些挂不住。

"我怎么了？不过开句玩笑，大嫂何必当真，你们在美国买几百万美金的房子，我们的房子，你给钱也是小意思，大嫂何必斤斤计较？"简天仪老公在苏林玲身后大声说着，希望苏林玲可以听见。

苏林玲把门锁上，懒得去听，真的好奇怪，这个世界，不讲理的人理论还特别多，听过去还头头是道。苏林玲以为国内的新兴词啃老一族和她是八竿子打不着，却不想身边一直都有，自己的弟弟，还有简天仪一家。简天仪老公还更过分，都涉及到啃兄，啃嫂，还啃得怡然自得，津津有味。

吃晚饭时，任凭简天仪怎样圆场，苏林玲一句话也和没有再和简天仪夫妻说，他们也觉得没有趣，赶紧带着孩子离开。

简爸这才开始说话："阿玲，这些年，你们怎样对阿仪，我们都看在眼里，他们要是有不对的地方你不要往心里去。那房子，你想什么时候卖都可以，卖了钱全是你们的。"

"是啊，阿玲，不要和他们这些不懂事的人怄气，这个女婿，讲起来，一万多块一个月，我们是一分钱也没有看到，他们从结婚到现在全在我这里吃，别说给钱，一年请我喝茶都没有一次。我们现在可以帮他们带孩子做饭。我都不知道，要是我们老得动不了了，他们还会不会来看我们。"简妈说着说着哭了起来。

"你和阿玲讲这些干吗？关键是我们的女儿没用。"简爸阻拦简妈。

生活就是一堆漩涡，每个人都在自己的漩涡里挣扎。即使从这个漩涡中跳了出来，又会跌进另外一个漩涡，一生就是和这些漩涡做斗争。和漩涡斗争时也不会得到处理能力的提高，每一个漩涡都是不同的。苏林玲想了一下，小心翼翼地说："要是今年给你们的移民还没有批下来，我们申请你们过去探亲。"

“不行，不行，一定要到移民批下来我们再过去，你三姑婆到温哥华去看儿子，摔断了脚，花了几万块医疗费。他们说如果是移民，就不要花这个钱。我们两个现在身体越来越不好。不能过去增添你们的负担。”苏林玲看着简爸那真挚的神情，心里说不出地感动，那一刻她觉得她和他们是一家人，拴在一起牢不可分的一个整体。

其实对于简爸简妈的移民，苏林玲开始并不乐意。但简家就简天明一个儿子，不让他们移民过来，似乎也说不过去。所以简天明表达出这种意思，她选择避而不答。因为她的态度一直似是而非，简天明也不敢贸然下手，所以一直拖着。等林玉芳过世后，苏林玲受的震动非常大，主动向简天明提出，让简爸简妈移民过来。她不希望简天明到时和她一样，拥有无法弥补的遗憾。简天明明白苏林玲的苦心，心里暗自对自己说父母再过来，绝对不让苏林玲受一点委屈。这边也积极地告诉父母，苏林玲主动给他们办移民。

简妈说：“我这个媳妇，除了嘴巴上有时不饶人，其实最有孝心。”

“你看到这点最好。”简爸也美滋滋，“这真是我们一家的福气。”

这移民也不是一天两天可以办好的，一拖都过去了几年，因为有了这事，二老反倒不愿意过去探亲，怕万一生病给他们经济上增添负担。好在苏林玲是经常出差来中国的，时间合适的话，简天明也带着孩子一同前行。简天仪的孩子才刚上小学，事情还是挺多，二老也不急于去美国。

苏林玲的好心情给简天仪夫妻破坏得一塌糊涂。简天仪随着年龄的增大，也懂事一些，尤其父母贴自己和帮自己都多过哥哥，现在哥哥又给父母办移民，使得她对哥嫂更无话可说。简天仪没有办法掌控老公的贪念，只有让苏林玲感觉自己知好歹，买了两份礼物给宝宝贝贝。这是宝宝和贝贝出生以来做姑姑的第一次买礼物给他们。苏林玲本想不收，可看到简妈和简爸殷切的眼神，只好压下自己的情绪，装作很高兴："那我替宝宝贝贝谢谢姑姑。"

苏林玲乘兴去中山，败兴离开。回到赣州，一大堆的事情还等着她。在美国时，迈克让苏林玲收集了印度、巴基斯坦、孟加拉好几个发展中国家的大公司一些衣料的报价。如果价钱和中国不是相差太离谱的话，他希望用这种模式操作，就是原料从这些国家进口，设计是美国设计师，只是在中国加工成成品，在商标边注明清楚，看是否有助于销量。当时，苏林玲觉得简直是画蛇添足，因为她本人就是个从不关心衣料原产地和设计地的人。

但公事上苏林玲必须做，她开始进行比较和筛选，发现高级原料从这些国家进口，成本并不会高，量大可能持平，而国人对服饰的讲究也超出她的预料，可能还有好多人潜意识里有些崇洋媚外，觉得只要是国外的东西就是好，这一提原材料是进口的，仿佛价钱翻番就是理所应当。成本没有多大变化，售价翻了番，销量也跟着翻番，这个奇怪的结果让她忍不住出声赞扬迈克："生姜还是老的辣，狐狸还是老的精。”

厂长秘书笑岔了气：“玲姐，您这是夸人呢，还是骂人？”

“当然是夸了，要知道我英文不好，用中文比较顺溜。我现在明白，这老头别看长得圣诞老人似的，其实真是帅才。”

“你们说什么？”杰夫听不懂。

“她说我很幽默。”苏林玲一本正经。

“你，你幽默？”杰夫夸张用中文说，“别——开玩笑。”把大家逗乐。笑过之后，厂长秘书突然问：“玲姐，你当初怎么没有嫁给鬼子？”

苏林玲狠狠地瞪着她：“你是前几天吃蛇给蛇钻进脑子了，问出这么弱智和无厘头的问题？”

“苏总监，人家哪里是关心你的终身往事，人家是情窦花朝鬼子哥哥开了。”赣州厂长一语道破，小秘书红了脸。

“这样，我知道他没有结婚，你可以继续开放。”苏林玲边说边扫了杰夫一眼。做媒大概是女人的天性，要是可爱的小秘书真的和杰夫成了一对倒也不错，可以让中国女性独特的温柔去温暖杰夫从小就伤痕累累的心。

工作上的事情进展得还算是很顺利，杰夫和中国这边的设计师对很多的看法有共识，原材料的转变基本也不影响他们的设计，成本算起来确实有意外之喜，苏林玲想着等回纽约给迈克过目，定下来，自然又是另一番忙碌。

老迈克看到自己决定的成效，很满意，只是苦了苏林玲他们，重新做成本预算不说，还要考虑原材料采购的变动，进口原料，不仅事情多很多，不可预料的变化也会增多，国内这边的原料供应还得留着预备。事情多且繁杂，她应接不暇。迈克希望在中国的产品走中高档的路线，和在美国这边一直走的中低档完全不同，苏林玲本来也不是做销售的出身，很多的时候，她觉得他们是在摸石子过河，走一步看一步。

第37章

简天明很严肃地对苏林玲说："告诉你件事情，不过，你要保持镇定。"

"什么事情，这种表情？"苏林玲有些奇怪，"别卖关子，赶紧说。"

"你要答应我，不发火。"简天明依然很认真。

"你是找二奶，还是包小三？我不是一贯支持你？只要你有足够的财力和精力，我绝对不干涉。"苏林玲嬉皮笑脸。

"什么和什么？我是在说孩子的事。"简天明有些无奈。

"贝贝怎么了？"苏林玲的心忍不住又狂跳起来。

"不是贝贝，是宝宝。宝宝前些天上课不停地讲话，老师生气做了记录，让家长签名。他自己在家长签名处签了名交给老师。"简天明一口气全说出来。

"这小子，什么时候变得胆大包天，可得好好收拾一下。"苏林玲咬牙切齿。

“你看，你看，我还没有说完，你又急了。”

“好，你说，你接着说，还有下文吗？这要是不惩罚，下回得冒用总统签名。”苏林玲恶狠狠地说。

“老师问他为什么这么做，他说怕妈妈惩罚他。老师提醒我们处罚要有度，凡事过了就不好。他已经向我承认错误，但是他说不希望妈妈知道。”

“好个臭小子，我今天还非要让他记得一辈子不再犯这样的事。”苏林玲说着起身就要去找宝宝。

简天明一把拉住她：“我开始就给你打预防针，别着急。你还没有发现？宝宝怕你怕过头，你为什么不想想你的教育方法有问题？”

苏林玲一愣，家里她从来是唱白脸，两个孩子和简天明撒娇多，敢对爸爸提无理要求，在她面前，却要老实和听话很多。苏林玲一直觉得这样很正常。人家慈母严父，他们家不过倒过来，小孩子总得有个怕的，不然如何教？宝宝真的怕她过头？她一点感觉也没有。每次简天明无限度宠爱孩子时，她一定要拦的。

苏林玲还是决定要去看宝宝，简天明一再嘱咐：“不许发脾气。”

“知道了，事妈，你再说，我不发也要发。”苏林玲有些不耐烦。

苏林玲轻轻地推开宝宝的房门，宝宝已经睡着，屋外的灯光斜射在宝宝稚气的脸上。苏林玲突然明白以前在书上看到的一句话：“孩子虽然出自你的身体，但他并不属于你。如果你想赢得孩子的尊重，那么请首先尊重他。”她意识到原来自己缺失的童年生活不只是存在记忆里，也会活跃在现在生活里。要摆脱这些，让自己的生活彻底不受影响，看来是个漫长艰巨的路程。

整个夏天，苏林玲都尽量抽出时间和宝宝贝贝在一起，宝宝开始似乎对她有些逃避，应该还是怕她知道假冒签名的事，后来看苏林玲似乎真的不知道，也放松起来。苏林玲为了他们还开始尝试自己认为不值得去做的事情。比如滑冰，结果是她不知摔了多少跤，还好都是皮外伤，可是宝宝就没有那么好运，把手臂给摔断了。苏林玲不管三七二十一就休假陪宝宝整整一周。孩子最简单，宝宝明显对妈妈的感情直线上升，简天明酸酸的：“我辛辛苦苦若干年，却赶不上你花里胡哨几天。”

苏林玲得意洋洋：“不服不行吧，好好跟我学习。”

那天去蜀香园吃饭，意外听说老板娘的腿摔断。苏林玲急急去探望：“你真是的，看我儿子断手，不服气，非得整出大动静来，还不告诉我？”

“告诉你有什么用，你会接骨头，还是会上石膏？”老板娘的口气一如既往。

“都不会，但是我会找原因，我还不明白，你们家前门，不就几节石头阶梯吗？你可以摔到骨折？技术啊，传授传授？”

“独门秘笈，传子不传女，你省省吧。”

“不传，是吧？明天我到你家门口再多砌几个石阶，让你多摔。”

“好啊，没有关系，我正准备卖房子！”

“卖房子，好端端地卖什么房子？我家可没有你住的地方。”苏林玲好生奇怪。

“我们一直在想回台湾养老的事情，本来没有这么急的，现在这一摔，我们决定早些回去。”

“不是说老板一直不愿回去？”

“那是年轻的时候，觉得没有面子，没有读完博士，却做了小餐馆老板。”

“现在觉得特有面子，儿子女儿全是常青藤大学毕业？”

“那倒不是，到了我们这个年纪，这些已经不重要，能吃能睡能动地过日子就开心。”老板娘叹口气。

“说得你七老八十一样，不过才过五十？只是孩子要得早而已。”

“孩子大了，有自己的天地，我们一点也没有被需要的感觉。干脆回台湾，习惯那里的气候，那里的饮食，还有朋友。”

“那倒也是，只是你们这么早退休，不无聊？”

“我们想着回乡办个小孩子的英文补习班之类，不太辛苦，又不至于太无聊。”

“原来早就盘算好，可怜了我们，什么时候脱离苦海啊？好容易和你谈得来一些，又要给电话公司和航空公司送钱。”

“要不你顶下我们的餐馆做着，等孩子上大学，再来台湾来找我们。”

“主意不错，我要好好地细细地考虑一下。”苏林玲很认真。

和简天明说起，苏林玲忍不住发出感叹：“这人是为什么？年轻的时候，拼命想出来，老了又想回去，早知如此，还不如当时不折腾好。”

“不折腾怎么知道自己到底想要什么，你看国内现在这么好，还不是很多人在往外跑。”

“我好羡慕国内的人，现在物质生活精神生活都比我们丰富多了，多想每天早起可以喝到正宗的广式早茶。”

“那我们老了，回中山，要喝早茶还是容易，每天我去占座。”简天明兴致勃勃。

“到时候再说，还得尊重宝宝贝贝的意见。人啊，只有得不到的和失去的才最珍贵。”苏林玲说得满是心酸和感叹。

夏天飞速地过着，老上和简天明家轮流地聚着会，孩子们只要在一起就开心。也只有这时，苏林玲才感到房子带游泳池的方便，多付地税和保险费值得。老上的岳父岳母看到他们空着的菜地，忍不住帮他们种菜，还幸好两家隔得非常近。苏林玲干脆把家里的钥匙给他们一把，让他们累了进来休息一下。没想到，老人进屋看见家里乱，就帮着收拾。苏林玲非常地过意不去，让老人别干，老人说闲着也是闲着。没有办法，苏林玲干脆付他们工资，一月四百块。老太太拿着四百块，说太多了，一百就够。苏林玲急了，警告他们不收就把钥匙回收，告诉他们外面请人干一次就两百块。

老上说：“那哪里一样，人家专业搞卫生，油烟机，连电扇上的灰都给你擦干净。”

苏林玲没好气白了他一眼：“你也没有干过，你怎么知道？我觉得叔叔阿姨比他们干得还好，你们就应该好好学习学习。”

“我们学习了，这段时间你没看我每周跑中国城法拉盛给国内寄代购的东西？”老上有些兴奋。

“是吗？好，赚到钱吗？”

“赚挺多的，就是你嫂子晚上不能睡觉，要盯着网店做生意。我们看下个月可以还上你们的钱。”

“说了我们拿钱一起做投资，年终再算。你们手头松动，楼上的房间就别再出租，看岳父岳母也在，一大家子，大大小小七口人，要有个自己的空间。”简天明在旁插话。

“那是，那是，那你们的钱我们等等再还，就是不知道该怎样谢你们。”老上憨憨地笑。

第38章

苏林玲有时觉得他们是否对老上的生活干涉太多，但看到他们过得越来越好终究高兴。肖梅和老上分开对老上来说或许是件好事。老上属于安分守己型，肖梅却喜欢折腾，不甘于现状，他们就是没有发生那件事，没有离婚估计也是天天吵架不会有什么幸福可言。

苏林玲的菜园子也在老上岳父岳母的打理下，有声有色，仿佛让她看到了当年杨广义和林玉芳他们在这里的情形，心里也是感伤颇多。母亲他们再来是今生无法实现的梦想。好在杨广义的日子过得还好，苏林玲心里也觉得多一丝安慰。提议把四个人的墓地连在一块，不仅把林玉芳的丧事办得漂亮，也让苏林玲赢得杨宝妹的心，她心底感激苏林玲的安排给足她亲妈面子。所以之后她时不时和苏林玲联系。告诉她杨广义和杨宝弟的消息。

林玉芳的葬礼完了不到一个月，杨宝妹说杨宝弟要结婚了，苏林玲有些气恼：“不可以等等？老妈的尸骨还未寒！”

宝妹说不可以，再等孩子要出来了。因为对方有了孩子，加上林玉芳的事，女方也不敢再提房子的事情，就搬进去和杨广义同住。苏林玲也就没有再说什么，那样或者对老的也好，不那么寂寞，小的也有个帮的。杨宝弟托杨宝妹请苏林玲来参加婚礼。苏林玲拒绝了，说留下机票钱当礼金，反正是经常出差，下次出差抽空去看他们。

所以等苏林玲去看他们的时候，侄儿都已经出生。依然是杨宝妹找车去接苏林玲，与上次不同，这次她们在车里就聊得热火朝天。知道杨宝弟现在懂事，在环卫所做零工，每天回家带孩子。再看到杨广义精神不错，苏林玲安心好多。弟媳妇虽然年纪有些小，但是老实之人，小侄子也可爱。想母亲如果泉下有知，应该很安慰。

弟媳妇的娘家要请苏林玲吃饭，苏林玲要杨宝妹一起去，杨宝妹说："要说这个弟媳，我没有什么太大的抱怨，可是她的娘家，我可不敢去领教，这个鸿门宴还是你自己去好。"

苏林玲在电话里有听说些弟媳娘家事，杨宝妹再这样说，也给吓住，就对弟媳说："应该是我们请客，再说，你爸妈也是长辈，我应该做饭请他们吃。"

苏林玲亲自上阵，忙乎了一天，做了一大桌子的菜，清蒸鱼，红烧虾，盐水鸭子还有上海式红烧肉，再加上熬了三四个小时的广式汤。杨宝妹在一旁打下手："你真能干，什么都会做。"

"这是我婆婆和美国生活培训的结果。"苏林玲展现出无奈的骄傲。

"哎，你也不容易。记得以前我还羡慕你，长得漂亮，嫁个好老公，跑去美国。现在我想你还不如我命好，我虽然妈过世早，但是林姨对我和亲妈一个样。我到现在也没有出过国门，可是生活还是很悠闲，今天去婆家吃饭，明天回娘家吃，虽然不是很有钱，但工作也稳定，生活也没有什么压力。不像你们，买房子贷那么多钱，还要担心丢工作……”杨宝妹似乎要把对苏林玲这一辈子的感受全说出来。

苏林玲若有所思听着，杨宝妹看她没有吱声，心里过意不去，就兜着圆场：“我不是故意的，再说，你可比我见识广，你现在住的也是有楼上楼下、地下室的大房子，我这辈子可享受不到。”

“没事，我在想你说的话，有时候我也问自己吃这么多苦，值得吗？究竟是为了什么？”苏林玲觉得茫然。

“为了梦想中的生活，要知道我们还是觉得美国是天堂。”杨宝妹口气还是很羡慕。

“好呀，那有机会你们也去天堂美国看看。”苏林玲说得很诚恳。

老人家应约前来，说老人家，其实比苏林玲他们也大不了多少，两个人一见苏林玲一通狂夸，说有这样的洋亲戚是他们的荣幸。苏林玲一再让自己保持冷静：“什么羊亲戚和牛亲戚的，只要是亲戚就是一样的。”杨宝妹在边上听得直乐。

弟媳妈妈仍然坚守阵地，照着原路继续夸：有孝心，嫁好老公，把父母带去美国玩，还给父母买房子……

苏林玲明白了，在这等我呢：“哪里，哪里，全是谣传，我申请父母出去是为了让他们帮我坐月子带孩子当保姆。至于买房子的事，那是我经过多年努力工作，攒下的一点积蓄，和老公一毛关系没有，一点光没有沾上，全是自己赚的，自己赚的。”

弟媳爸看此路不通，急忙拐弯，把小侄儿抱到苏林玲面前，说什么现在生个孩子就有奖励，要是儿子的话，奖励更重，更何况这么可爱漂亮。苏林玲急忙表态：“谢谢通报这么好的消息，我和宝妹先领了赏再来谢弟妹，虽说宝妹生的女儿，奖赏不多，我可是有两个，跟我婆家理论清楚，定然拿到好价钱。到时把这些全给弟妹。”

弟媳父母一看，这家伙软皮球踢得极好，嘻嘻哈哈之间却把一切挡得缝隙不漏。只好来作践自己的女儿：“人家现在结婚都是房车全有，我们这个女儿，连零头都没有，嫁女儿就和送女儿一样，一点意思也没有。”

苏林玲不好发作，顺着说：“我也后悔，我嫁的老公也没有啥，一套房子给小姑霸着，自己辛辛苦苦上班赚钱养家。”

“我女儿怎么可以和你比，你那么能干，也不在乎婆家没有。”弟媳妈撇了撇嘴。

“是，人不可以和人比，我们干吗要和别人比，尤其结婚这事，你情我愿小两口乐意就好。”苏林玲总算抓住话头。

“你说的也是，我们担心女儿明天连遮头的瓦都没有，这房子还是你的！”弟媳爸愤愤不平。

“儿孙自有儿孙福，你们也不要太担心。再说这房子也不是我的，这房子是爸妈养老的，他们百年之后，我和宝妹的意见是留着给照顾他晚年生活的人。”苏林玲故意说得很慢。

“什么叫照顾晚年生活的人？”弟媳父母的神经都紧张起来。

“就是伺候我们老爸的人，我们还说，要是到时老爸身边没有人，我们就请一保姆，要是保姆好，房子就给保姆。”苏林玲故意装作漫不经心。

“他们小两口不是住在这里好好的？对你爸也好不是？总归是自己人。”弟媳爸妈赶紧表态。

“那是，那是，叔叔阿姨明白人，我们也知道你们就这一女儿，我一直对他们讲，也要孝顺你们。”苏林玲心底长舒了一口气。

弟媳爸妈知道再说也无用，但这房子似乎也变相承诺会给小两口，心里踏实些，所以饭局的后面，大家都吃得很开心。

等他们走后，杨宝妹对苏林玲说：“我是真服了你，你可不知道，只要见到他们就要听他们唠叨个不停，觉得自己女儿亏了，我是恨不得对他们说领回去好了。”

苏林玲咯咯地笑着：“你要服我的地方还多着，对付他们，我还是游刃有余。”

苏林玲从不希望和弟媳他们有什么正面冲突，毕竟杨广义和他们生活一起，虽然有些小摩擦，大体上还过得去就行。杨宝妹一直把信息反馈，苏林玲的期望也不是很高，只要不大吵大闹，日子相安无事过下去就成。

第39章

简爸简妈的移民终于批下来。定了十一月份过来的机票，这次是移民，他们也打算长住，要收拾的东西和事情也多。简天仪的老公怂恿着，等他们走了，把他们的房子也租出去，免得浪费。简爸听了心里很是不舒服，但没有说出来，一家人虽然不需要计较太多，可这个女婿，对自己人算得也太精明。

简天明和苏林玲对这件事意见很一致，尊重二老的意见。不租空着也行，租出去的话，二老想要回国玩，就要住简天仪家，简天仪白白拿着两套房的租金，偶尔父母来住一下应该不成问题。

老房子住了几十年，家里的东西怎么处理，的确很伤脑筋。让简妈扔掉不太可能，又没有地方放。老人家本来也没想好要出租。所以和女婿为了这事，闹了几次不开心。女婿本着效益最大化原则，已经开始迫不及待急急忙忙找人看房子了。每次领着租客来，简爸和简妈就感觉那不再是自己的家。女婿对着人家的指手画脚不停地点头称是，并许诺这个会改，那个会扔掉。全然不在乎简爸简妈旁边听得挖心一样痛。

那段时间请简爸简妈吃饯行饭的亲戚朋友也多，都夸简爸简妈命好，要到美国去享福。简爸心里为了房子出租的事情不痛快，又无法对人说，每次都忍不住多喝几杯。在出发的前几天，简爸突发中风住院。这一下家里全乱套。简天明第一时间订机票回国。

苏林玲带着两孩子还要上班，晕头转向，每天越洋电话咨询简爸的情况。简爸很爱护苏林玲，是苏林玲敬重的长辈。简爸病了，苏林玲分外着急，按理说这每天电话问候必不可少，可是这电话问候却变成对苏林玲的折磨。听电话的一般都是简妈。苏林玲琢磨了很久，还是没有闹明白，怎么平时那么能干的简妈，一到这关键的时候，却像是变了一个人，只要拿着电话就开始哭："我怎么办？你爸要是有个三长两短，我们可怎么办？"

苏林玲无言以对："医生不是说恢复需要时间？"

"那些医生，讲话都不负责任，他们还说，你爸有可能再发，再发，你听到了吗？"

苏林玲给简妈哭得心烦意乱无可奈何，也不知该怎么去劝，此时的简妈智力仿佛就是五岁孩子，却又不像孩子那么好骗和容易满足，孩子承诺玩具和糖果就可以。简妈要的是简爸立即恢复从前，永不再犯病，这个恐怕神都难以承诺。苏林玲还不能也不敢说任何有情绪的话。简妈敏感得像只瓷娃娃，挂了电话，觉得苏林玲哪句话不恰当，马上跑到简天明那里哭诉。简天明只得电话给苏林玲请她不要再添乱，这种电话，十之八九都在苏林玲上班时间打过来。因为中国那边是晚上，简妈得到空闲，可以理清思绪。苏林玲苦不堪言，对简天明说："反正我说什么也不对，而且这么远我任何实质的工作也干不了，要不我隔几天打一次电话。"

"不行，我爸这样子，你和孩子没有回来，亲戚朋友都在说闲话，再不打电话，要给人骂死。"简天明觉得苏林玲怎么变得如此不通情理。

苏林玲心里说：我都已经半死不活，还在乎人家骂？你不是在那里守着？我也要过去，那我们全家不吃不喝？但是这时候，这话不敢说出口，火上浇油，大家都烧死。苏林玲每次都想不明白，事情发生了，婆婆从来不是把伤害和麻烦降到最低点，而是有要把那气势越扬越高的意图，弄得大家更辛苦。每每自己的建议，都被归入不通情理之列。可是通情达理就是要让大家的日子不好过吗？

好在这样的折磨并没有持续太久，简爸恢复得不错，虽然讲话有些口齿不清，但每次知道苏林玲来电话都要接："阿玲，你有心，我没事，不要担心我。你返工还要带孩子，辛苦。"简爸说完就把电话挂了。苏林玲很感动，总有再拨回去的冲动，可是想着拨回去还是一样的话，不然就是给简妈哭上一阵，自己又要发疯。

简天明看简爸恢复的状况还好，就先回纽约，毕竟班还要上。他和苏林玲商量，要不要把楼下的洗手间改成可以洗澡的，这样书房可以变卧室，简爸简妈他们来了，住楼下可能会方便好多。苏林玲想也没有想就同意，让简爸再休息一段，还是把他们接到美国来照顾更放心。

苏林玲他们的努力没有白费，公司的产品在中国销售量节节上升，已经开始有些代理找上门来，苏林玲还是想等一等，等产品的知名度更上一层楼，可以开出更好的条件再谈。老迈克非常高兴，史无前例要奖励全公司员工圣诞节巴哈马邮轮度假一周。苏林玲即刻报上自己一家四口的名，正想着圣诞节如何过，就有这免费安排好的邮轮贴心礼物。自己和孩子们都是第一次坐邮轮，宝宝和贝贝听说了也很激动。

没有想到简天明一口回绝："我不去，要去你和孩子去。"

苏林玲莫名其妙："你为什么不去？"

"圣诞节我要在家里装修楼下的洗手间。"

"让老上看一下不就可以？再说爸妈也没有定日子过来，也不在乎这一两周的时间。"

"反正我不去，我爸病成那样，我怎么有心思去玩？"简天明觉得很在理。

"我爸妈都死了，我不还要活下去呢。"苏林玲生气的时候，说的话总是很伤人。

简天明哑口无言，干脆不作声，沉默是最大的抗议。苏林玲知道简天明的倔脾气要是上来，九条牛也拉不回来。只好回头对公司说他们家改三个人。桑蒂嗅觉灵敏：“怎么了，吵架了？”

苏林玲无言以对：“他不舒服。”

“我们的旅行不是圣诞节？还有十几天，那时他就好了。”

“好不了，是预计那时不舒服。”

“你老公真有意思。”桑蒂话里的意思层层叠加。

“对呀，就是因为他有意思我才嫁给他的！”苏林玲尽量想平复自己的心情，这句话还是说得咬牙切齿。

苏林玲心里憋着气，自己和孩子打的士去曼哈顿港口。同事们全是拖家带口一家齐齐整整，简天明这一缺席，连不喜欢问私事的美国人都忍不住，纷纷来问苏林玲还好么？

苏林玲想说你们不问的话还挺好，一问就是伤口上撒盐。可这样的话，终究说不出来。只好一遍又一遍笑着解释：“一切都好，只是家里有些装修工作要做。”

苏林玲这一实话实说，人们的好奇心更大，什么样的装修工作可以让简天明放弃全家圣诞节的免费旅游？好在上了邮轮之后，让大家感兴趣的事物太多，苏林玲才得以安静。杰夫带了他姐姐和姐姐的孩子。苏林玲第一次见到他姐姐，和他一样高大，长得也很漂亮，看起来很热情。苏林玲也才明白杰夫曾经说姐姐的孩子不是那么容易开心的理由，孩子是残疾人，一直坐在轮椅上。但这并不妨碍宝宝和贝贝对他一见如故，没多久他们就打成一片，杰夫的姐姐对孩子们玩得这么好很惊喜，在得到苏林玲的同意之后，她就一直带着三个孩子，哪怕是送孩子参加邮轮上的活动，也让他们三个一起。只有到睡觉的时候，才把宝宝贝贝送回来。

第40章

杰夫的姐姐乐意带孩子，苏林玲也正好乐得清闲自己呆着。她觉得有必要重新审视一下自己的婚姻。当初结婚实在是太草率了，真是把终身大事当儿戏。来美国这些年，像被套上的骡子，一直往前奔，生存的压力掩盖了她和简天明种种不同。现在相对生活安定后，这些不同又重新开始浮现。

简天明是一成不变的，他的世界也简单。苏林玲期待纷繁一些的生活，这对他来说不可思议。比如苏林玲希望偶尔找人看孩子一晚，他们可以出去吃个饭，看个电影，简天明却似乎从来没有这样的需求，还觉得苏林玲太奢侈浪费。孩子别人看着不放心不说，看电影，租张碟在家里看一样！就更别说看什么演出或是演唱会。

以前没有孩子，苏林玲希望去时代广场过新年，尤其是2000年那个特别的年份。简天明终究还是没有带她去，原因是回来太晚，已经没有回长岛的火车。如果让他花钱住附近的酒店，那是割他的肉，要他的命。苏林玲为这事独自伤心很久，而且这个伤心会伴随她的一生，毕竟2000这个年份只有唯一的一次。简天明却不为所动，他若是认为不值得花的钱，花了会寝食不安，他爱苏林玲，不代表他为了苏林玲可以放弃所有。

苏林玲每个季节都要给自己添衣服首饰，简天明嘴上不说，从来也没有积极地赞许过。有时还会带讽刺的口吻夹枪夹棒，苏林玲买到心头好的喜悦给扫得一点不剩。苏林玲若是给他买了，他不是不穿就是退掉，反正总也可以把苏林玲满腔热情浇成死灰。苏林玲有时想如果自己不是赚这么多钱，简天明还会这么容忍她吗？会不会是连买件衣服都要打报告？只是人生没有如果和假设，只有后果和结果，不管怎样婚姻是自己选择的，还得继续下去。苏林玲只是希望可以找到让大家都走得轻松和开心一些的方式。

虽然是第一次上邮轮，苏林玲却连闲逛的心都没有，她去的最多的地方是甲板、图书馆或是咖啡厅，干得最多的事情就是发呆，她希望可以给自己理清个头绪，可是却发现自己越发地钻进死胡同，出不来。满脑子全是简天明的种种劣迹，日子仿佛都有过不下去的趋势。

那天在甲板碰到桑蒂的老公，苏林玲打了声招呼，对方似乎在专注地看着手机，没有回应。苏林玲便悄声走过。也难怪桑蒂骄傲，她的老公不仅在赚钱上非等闲之辈，长相上也属美男之列。虽然岁月飘逝，可容颜上的沧桑只增加成熟的魅力。他谈吐也很不凡，无论什么场合，总可以成为焦点。在他身边，单看过去还不错的桑蒂就显得有些粗俗。只是夫妻之间的事情外人还真难以评价，从桑蒂的口中，经常听到她老公对她的宠和爱。那幸福怎么晒都晒不完。听说他现在在外州找到工作。待遇还好过当初在纽约，只是要一两个月回来一次。苏林玲记得他找工作时，桑蒂还因为和他吵架在公司洗手间哭过，如果不是亲眼所见，难以相信这是受过高等教育且年过四十的中年女人干的事情。要不怎么说，一个女人不成熟，是因为背后一直有宠爱她的男人。

苏林玲第一次见桑蒂老公，觉得他眼底对自己有种不屑神情，苏林玲为此很受伤，还有些埋怨简天明没出息，连带老婆给人看不起。可是后来几次大家见面时，苏林玲发现他对桑蒂也是这种神情，终于释然，一个连自己太太都不屑的人，怎么能期望太多？

桑蒂说等孩子都上大学就搬过去。说起桑蒂的两个孩子，不仅容貌上继承了父母的优点，别的方面更是优秀，儿子已经在哈佛上大学，女儿的目标是斯坦福大学。这一家子，用简天明的话说简直就是精英之家。有时候苏林玲很妒忌桑蒂，想想自己也没有哪里不如桑蒂，工作方面还明显强过她，可是为什么桑蒂的命这么好？人家说幸福是大致上的，经不得细节推敲，可是桑蒂的幸福连细节都是完美无缺。和桑蒂的人生一比较，苏林玲觉得自己真是白活。

“一日不见如隔三秋，想得厉害？让她发张裸照过来！”是桑蒂的声音，但是很恶心的口气。

“懒得和你说。”桑蒂的老公狠狠地应道。

“连话都懒得和我说，和人家却有说不完的话。”桑蒂似乎并不伤心。

“你有完没完。要闹回家去。”她老公已经很不耐烦。

“回家？你还知道要脸，你不想想你们干的龌龊事。”桑蒂的声音突然高八度。

“别说得那么难听，我供着你，你给我闭嘴还不行。”她老公似乎有点被吓着，压低嗓子。

“你供着我，你是赚不少，但是你还供着你们家七大姑八大姨，花在我身上有多少？我自己赚钱养自己，还要在别人面前装出是赚钱买花戴。你的良心狗吃了？”桑蒂开始喋喋不休。

“你用的还少？你的那些包包首饰衣服哪样不是花钱买的？”她老公反唇相讥。

“你还好意思提，我哪样不是二手店买来撑面子的？”桑蒂仿佛是只斗志昂扬的公鸡。

苏林玲逃似的跑开，她不确定继续呆在那里她的心脏能否承受得了。她想起张爱玲的话：生命就是华丽的袍子，里面爬满了虱子。

后面几天，苏林玲豁然开朗，简天明虽然不是很可爱，却是个实在的丈夫，合格的爸爸。世上没有完美的人，自然也没有完美的婚姻。有人说每一段婚姻持续多年后都是千疮百孔，苏林玲觉得他们的婚姻也有孔，但似乎没有那么多，而且也不大。

苏林玲换上旗袍去参加晚餐，杰夫的姐姐一见她，很热情地奔过来：“你今天精神很好，旗袍很漂亮。看到你这样就好，宝宝和贝贝一直在说妈妈不开心。”

苏林玲客气地称谢，也无心避讳：“对，前些天和老公吵架，闹得不开心。”

“你结婚了？”杰夫的姐姐有些奇怪。

“你认为我是圣母玛利亚，可以独自生孩子？”

杰夫的姐姐被逗笑：“不是，我听杰夫说和你很谈得来，一般和他谈得来的都是单身女性。”

“那我是个例外。”

“和老公有架吵，说明你们之间满满是爱，如果没有爱，就不会吵架。”

“真的？你们也有这种说法，看样子我还是宁可信其有，不然我和他要变成阶级敌人。”苏林玲的心情更加轻松起来。

“真的，你真的好幸运，有爱的婚姻，还有两个这么善良的天使。”

一路走来都有人夸宝宝贝贝可爱、漂亮，善良苏林玲还是第一次听到，她反反复复掂量这个词，忽然觉得人生的层面真多。她和杰夫的姐姐话题一下子多起来。这个历经坎坷的女人似乎很乐观，生活的磨难至少没有在她对生活的态度上留下痕迹。这点苏林玲觉得应该好好学习，杰夫姐姐应该是那说水瓶里还有半瓶水的人，自己是否可以也学样，不看那空的半瓶，和她一样只去关注生活里自己拥有的美好东西呢？

第41章

邮轮回来，苏林玲收到肖梅寄来的照片，依然是全家福，照片上的肖梅比上次她见时还胖一点，气色看上去也很不错，眼神里透着一丝憔悴和落寞。脸可以用化妆去掩盖，可眼神里的东西无法掩盖。苏林玲发现肖梅戴了老上给的戒指，戴在婚戒旁边。她禁不住心潮澎湃。她决定抽空把照片给老上看，如果老上想看，这些年的照片都拿给他看。

肖梅的照片让苏林玲的心情又好了几分，看简天明顺眼多了。简天明这些天在家的确没有闲着，楼下已经装修好，收拾干净。他甚至细心地在床头让人装了把手，让简爸起床时方便。连通往地下室的楼梯也装了扶手。苏林玲一鼓作气买了可以遥控升降的床垫，血压仪，连辅助走路的轮椅拐杖都买好，就等着简爸简妈的大驾。

简爸简妈却改变主意，说纽约冬天太冷，雪又多，出去散步都不方便，再加上纽约过年又冷清，他们干脆过完年等春天再来。不仅急坏简天明，最着急是简天仪夫妇，原来的如意算盘没打响，如果现在简爸简妈放弃移民，他们的岁月就要开始艰难了。

简天仪向苏林玲哭诉，自己太辛苦，扛不住，每次带简爸去医院复查，都辛苦得要命，这里的医疗条件不好。苏林玲知道简天仪的个性，也没有往心里去，只是感叹：这也是亲生女儿，不知道我们老了，宝宝贝贝会如何对我们?

简天明急得像热锅蚂蚁，纽约的天气也似乎和他作对，今年的雪非常多且大，每次都下十几厘米。这场还没有化，另外一场又来，简天明都快得雪天忧郁症了，担心简天仪他们怠慢简爸。又担心简爸要是再犯病，到时想过来，身体也容不得老人家坐这么长时间的飞机。

苏林玲淡定很多，这种天气，简爸呆在国内当然更好，简天仪他们失去耐性，也不见得是件坏事，简爸简妈也不傻，简天明这边为了他们到来而做的准备他们通过视频全看得一清二楚，简天仪的态度他们也不可能没有察觉，这样或许让他们死心塌地地移民，还省得东想西想。

上一场雪还没有完全化干净，新的一场又铺天盖地，早上出门，苏林玲就有预感似的不想出门，但今年因为雪天休的假实在太多，工作也积了一大堆在那里，苏林玲只好打起精神上路。495高速上的车并不多，但是车依然不是很好开，温度低，刚飘下的雪积住，在车轮的碾压下飞溅起来，混合着还在飘落的雪花一起在路上飘舞，让人感到压抑。在下高速时，苏林玲突然发现刹车不是太灵，前面的车已经减速，她拼命地踩刹车，可是速度却慢不下多少来，直直地撞上前面那辆车。

一声“嘭”的巨响，安全气囊掉下来。等苏林玲反应过来怎么回事，警察已经来了。苏林玲配合警察做完了笔录，叫了拖车公司。警察诧异于苏林玲的安然无恙，一再问她需不需要救护车。苏林玲苦笑道：“我的车需要。”

苏林玲想起赶快给公司打个电话请假。接电话的不是前台，是杰夫，一听说她出车祸，他马上就赶过来。苏林玲看到他，有些意外，十分高兴，因为简天明的电话没有人听，苏林玲正在想麻烦谁来接她回家。杰夫的车里好暖和，他甚至还体贴地带来了热咖啡，苏林玲握着咖啡杯子，人才感觉活过来：“真谢谢你来。”

“你确定不要到医院检查？”

“我一点事情也没有，只是想回家休息一下，只是我的车子恐怕没得修了。”

“人没事最重要，你们不是有句中国话叫什么财消灾？”

“破财消灾。”

“对，对，对，破财消灾”

“我总是多灾的命。”

回到苏林玲家，才想起车库遥控器忘在车里，只有从前门进去，前门因为一直没有人出入，雪堆老高，根本走不过去。杰夫下车看了看，发现了简天明忘在车库旁的铲子，便径自铲起雪。几分钟之后，便铲出一条小道，旁边还用余雪堆出一个大雪人。苏林玲童心大发，把自己的围巾和帽子全给雪人戴上。杰夫站在苏林玲身后一起饶有兴趣地欣赏他们的杰作。

苏林玲想把雪人的嘴巴再弄大一点，结果脚下一个不留神，差点摔跤，杰夫急忙扶起她。杰夫身高起码一米九多，娇小的苏林玲几乎给他抱了起来，那一刻，隔着厚厚的冬衣，苏林玲听到了杰夫的心跳声。苏林玲的脸莫名地变得好烫，她赶紧推开杰夫，自己站直。苏林玲突然闪过这样的想法：人生相遇的时机是最重要的，有些相遇没有开始就注定了错过的结局。

简天明确认苏林玲没事之后说："我正想着好多年没有给你买过像样的生日礼物，我们买辆新的大车庆贺你生日，这边爸妈过来也正好用，一举两得。"

"什么两得，是三得，我天天开个七人座车跑那么远上班，油费得多少，这新车还不是你开。"

简天明连连点头："还是老婆懂我的心思。"

"那辆破二手车也开好些年，我也不心疼，只是我们的保险费呀，这回要直线上升。"

"赚钱不就是为了花？只要你没事就好。"简天明安慰道。

一场车祸，在他们家没有引起一丝波澜，苏林玲和简天明这对夫妻，凡是大事，他们相互体谅，吵得不可开交的反而是些小事。苏林玲有时想，很多的时候，他们是不是本末倒置了。

苏林玲今年生日在公司意外收到了一束粉色的玫瑰，苏林玲看到那束花，恍若隔世，二十年来，苏林玲收花，或是买花，送花，从来没有遇到过粉玫瑰。生活中和记忆里只有二十年前的那年生日李庆远送的粉玫瑰。苏林玲定定地盯着粉玫瑰，相对于二十年前那束，这束更加自然和奔放。难道简天明一下子开始懂风情？她几乎有些激动地打开了卡片。没有抬头和署名，只是画了一个卡通的雪人和歪歪扭扭的中文字“生日快乐”。苏林玲明白了，是杰夫。

这束玫瑰顿时变成烫手的山芋，苏林玲得快速想出好的解决办法，慢了引起不必要误解就麻烦。她叫来前台：“我这里没有花瓶，你把这束玫瑰插你那儿。”

“太大束了，估计一个花瓶插不下，你老公做了什么对不起你的事情？”

苏林玲没有接茬：“那分一些到茶水间。”

等前台把花拿走，苏林玲关上门，放下百叶窗。开始平复自己紧张的情绪。她反反复复地想着和杰夫打的交道，究竟自己做了什么暧昧的事情，还是说了什么暧昧的话？结果是没有，再细细想杰夫在她面前的表现，也是极其正常。这个杰夫哪根神经搭错，怎么会有这么怪的举动？苏林玲也不能去问，看样子只有深埋烂在肚子里。

苏林玲一贯不喜欢办公室恋情，觉得那样很影响工作，像她这样的已婚人士连恋情都没有权利可谈，就更加不要暧昧，不然，以后别说工作，人都好难做。以苏林玲的性格，是绝对不会让这样的事情发生的，更何况他们这人到中年的乱麻，那种理法只会更乱。她安慰自己：或者只是生日祝贺，一束花而已，什么也不代表。

在茶水间碰到杰夫：“生日快乐，玲，你觉得我送的生日礼物怎么样？”苏林玲惊诧于杰夫可以当这么多人面问这样的问题，她含糊其词，借故走开，也希望这段没开始的情缘可以就这样走开。

第42章

玫瑰花事件并没有完结，发展得让苏林玲啼笑皆非，快中午的时候，花店又给苏林玲送来了一盆文竹，还有一张道歉卡，说是早上因为他们工作的失误，误送玫瑰花，这才是杰夫送的生日礼物。苏林玲看着花盆上的中文字：寿比南山！笑岔了气。这个花店，一个错误差点没把苏林玲吓死，还想了好多以后如何躲着杰夫。苏林玲觉得自己好好笑，打了一个感谢电话给杰夫。还好杰夫没有察觉，一如既往开着玩笑。

赣州基地厂长秘书给苏林玲发了一封私人邮件，问苏林玲有什么好方法可以快速提高英文？苏林玲笑了：小姑娘春心萌动，沉不住气。也正好给杰夫一个机会，我来推波助澜。

苏林玲对杰夫说："你不是一直想学中文？"

"是啊，你打算教我？"

"我自己都讲不好怎么可以当老师，我给你介绍个老师，她正好想学英文，你们可以相互教，共同提高，还免了学费的问题。”

“听起来不错，可以一试。”

“那还用说？做起来也不错。”苏林玲信心蓬蓬。人生很多的时候不经意会错过很多，或许朋友的提点必不可少。

春天过了，眼见着夏天就要来，简爸简妈还没有过来的意思，简天明一直催，他们说要等清明拜山祭祖，出去了还不知何年回来。这样说似乎很有道理。简天仪急疯了，一个劲地问：“要是他们不移民怎么办？”苏林玲和简天明看着这阵势，给简天仪打下包票，如果五月底他们再不过来，就回国接他们。简天仪吃了这个定心丸，安心了很多总算不再闹腾。简爸简妈对这个说法也没有提出异议。苏林玲车祸的事情没有敢告诉他们，怕他们担心。

月底的时候，苏林玲一般会加一些班，这天已经九点多，桑蒂竟然一个人还在办公室呆坐着，苏林玲有些奇怪：还没回去？自从上次在邮轮上无意中听到桑蒂和她老公争吵，苏林玲现在听桑蒂讲话总是不由自主地想是真的还是为了掩盖什么。看到桑蒂有时向同事炫耀她的高档品，也不像以前去凑热闹，她很怕自己看到桑蒂眼底的悲哀。

桑蒂看也不看她：“回去也没有什么事，不如在这里待着清净。”

苏林玲答：“那好，我先走。”

“你们可不可以不要都走，留个陪我说说话。”桑蒂突然失控，大声嚷道，“儿子走，女儿走，老公也留不住，我什么都没有。”

苏林玲像个做错事的孩子，手脚都不知该往哪里放，好在桑蒂根本不看她，自顾自地说："这男人，心变了，真狠，不仅要和我离婚，连钱都不想给我。想旧抹布一样扔了我。我跟了他二十多年，当年他什么也没有，出国的时候，还是我妈给的五百美金。当时追我的人那么多，我怎么就瞎眼挑了他。我爸早就说了，长得太帅的男人靠不住。我怎么就没有听进去呢……"

桑蒂颠三倒四地说着，哭着。苏林玲一动也不敢动。那个夜晚，苏林玲在川流不息的495高速上狂奔，她觉得有些困惑，为什么本应该最亲密的两个人到最后会变得相互怨恨，希望变成陌路。那曾经一起走过的恩恩爱爱可以一笔抹消，取而代之的是冷漠和残酷。是不是越浓烈的感情变起来就越加无情。现在苏林玲开始觉得庆幸，她和简天明没有什么轰轰烈烈的感情，她甚至从来没对简天明有过爱的感觉，但他们一路相互扶持，所以至今苏林玲还有个家有个老公还有孩子们在等她，这每天都经历的再平常不过的事情，突然之间令苏林玲意识到可贵。人总是劝自己不要去和别人攀比生活，可是有的时候，看看周围人的生活还是会有启发。

事情总是计划赶不上变化的。苏林玲这天在休息室准备吃午饭，收到警察的电话，确认她和简天明的关系后，警察告诉她，简天明发生了严重车祸，正在大学附属医院的急救室。

苏林玲的脸瞬间变了颜色，边上的桑蒂听得一清二楚，赶紧扶住她：“别急，别急，我送你去医院。”

杰夫也毫不犹豫：“我开车，送你们过去。”

赶到医院急诊室，医生还在动手术，问护士，一问三不知。苏林玲脑袋一片空白，她拼命地想弄清楚这是怎么回事，她期望只是在做噩梦，她想让自己醒过来，只要醒过来就好。结果发现干什么都是徒劳。桑蒂紧紧地握着苏林玲冰凉的双手：“没事的，不会有事的，简和你都是好人，上帝会保佑。”

苏林玲静静地坐着，茫然地盯着急救室的门。杰夫跑上跑下地打听消息，终于回来：“我找到刚在急救车上的工作人员，他说凭他的观察来说，简应该没有生命危险，但是因为对面的车失控冲撞过来，伤势也不轻，有可能破了内脏。”

苏林玲听到前半部内心一阵狂喜：“真的，真的？他没有生命危险，他们说的话可信吗？”

杰夫真挚地望着她：“可信，可信。”

桑蒂赶紧安慰：“当然可信，这边的医护人员不会乱说话，乱说话要负法律责任。”

“对，对，对。”苏林玲喃喃自语。

杰夫和桑蒂相互看了一眼，他们都没有想到一贯冷静、有魄力的苏林玲竟然有如此软弱的一面。

仿佛过了一个世纪，或者更久，苏林玲觉得自己一生都在等待，在恍惚之间，她看到年轻的简天明守在她家楼下，以及新婚时欣喜若狂的简天明。岁月指尖流过，谁也不曾留意，她都忘了，她和简天明到底结婚多久。她也忘了当初为什么会和简天明结婚，这些年在脑海里全是些鸡毛蒜皮的争吵和分歧。

手术室的门终于打开，医生走出来，简单地说了一下简天明的情况，他的脾脏破了，三根肋骨断裂。先送观察室等他醒麻醉，如果术后反应良好，应该没什么大事！

苏林玲高兴得抱完桑蒂抱杰夫。

杰夫和桑蒂先走之后，苏林玲守在简天明的床边，静静地看着简天明，她忽然发现简天明好多白头发，以前怎么一点也没有注意到。她想起，简天明曾很多次守在自己的床边。当她生病、流产、生孩子，简天明总是在床边不厌其烦地伺候坏脾气的她。但是她守在简天明床边还是第一次。她曾很深地怨恨过简天明没有情趣，现在却明白岁月静好的真正含义。生活本就应该这样无波无澜地静静流过，这才是最大的幸福。她和简天明之间，也许永远不会有电光火石，可是他们一起携手建立了家，一起养大了孩子，不管苏林玲是否乐意接受，事实上他们已是密不可分的一个整体。

简天明醒来看到苏林玲半天才反应过来发生什么事：“对不起，老婆，让你担心了。”

“只要你没事，别的都没关系。”

“我们的新车，估计都没得修。”

“那有什么关系，我们再买，我们再买。”苏林玲泣不成声。

老上收到消息赶了过来，看到醒了的简天明，大石头也放下了。简天明说：“你们回去吧，还要接孩子，明天再来。”

苏林玲这才想起孩子，还有自己还没吃午饭。便随老上回家。孩子们在老上家玩得正开心，都想不起爸爸在哪里。苏林玲也正不想告诉他们。

第43章

苏林玲带着孩子回到自己家，家里电话上有简妈好几段一样的留言，问他们到哪里去了。苏林玲才想起这是周五晚上，每周雷打不动，他们和简爸简妈的视频时间，一般如果另有安排，简天明一定会提前告诉他们。自从简爸生病以来，简妈越发地像孩子。事情有一个小环节不是正常程序，简妈就会失控。苏林玲一度怀疑简妈是不是得了强迫症。苏林玲想如果今天不上视频，简妈估计得半疯，后面也更不好隐瞒，不如现在骗他们说简天明加班。至少可以蒙混到下周，那时简天明应该出院了。

果然简爸和简妈对苏林玲说的“简天明加班，我们到老上家去蹭饭吃”，一点也没有怀疑。简妈还说有空要请老上他们过来吃，不能老是去别人家吃饭。苏林玲的心放了下来，让宝宝和贝贝跟爷爷奶奶闲聊。简爸和简妈对贝贝尤其喜爱，可能因为没有带过，觉得内疚，也因为贝贝比一般的孩子发育要慢一些。苏林玲听简妈问贝贝：“贝贝，今天开心么？”

“不开心。”

“为什么？有人欺负贝贝了？”简妈的语调都很孩子气。

“没有，是因为爸爸住医院。”苏林玲想去阻止已经来不及。她的耳膜给简妈尖锐的声音撕扯着。

“阿玲，到底怎么回事？”

“没事，没有的事，妈你别听她胡说。”苏林玲把贝贝拉到一边。

“我没有胡说，我听见叔叔告诉阿姨，还说爸爸断了肋骨。”不明就里的贝贝很委屈，“你可以问哥哥，他也听到。”

“我就知道，我就知道阿明肯定有事，我的眼皮今早起来就一直跳。”简妈已经失态，狂叫着。

“阿玲，告诉我们实话。”在边上笑呵呵看着他们的简爸脸色陡变。

“阿明出了车祸，现在在医院，人已经醒了，医生说没事。”苏林玲看瞒不住，尽量用平静语调简短叙说。

“天啊，伤到哪里 ？伤到哪里？肋骨，哪一根？还没有别的地方伤到，我要和阿明说话，我要和阿明说话……”简妈更加慌乱，几乎是在咆哮。贝贝看着失常的奶奶，吓得大声哭起来。

“阿妈，你镇定点，你这样吓着贝贝，你都知道这里医院规定，过了探视时间，是不可以进去的，明天我去看他，打电话给你们，好不好？”苏林玲不知可以怎样安抚。

简妈终于安静，一个人小声地嘟囔。简爸冷静地嘱咐着苏林玲：“阿玲，你要撑住，要相信医生，医生说没事就没事。”

看到简爸强忍着担心，还有简妈的不知所措。苏林玲泪是忍了再忍，还是忍不住，在下视频的那一刻，流满了脸。

简天明在医院住了两个多星期，他恢复得很好。同事和朋友轮流来探望，苏林玲笑他简直是享受高干待遇。期间还收到杰夫送的一束百合花。卡片上杰夫用中文写着：早日康复，龙腾马健！

简天明说：“哇，这家伙中文不错，还写得出如此词句。”

“那是因为我给请的老师好。”苏林玲胸有成竹地笑。把小秘书和杰夫可能发展一说，简天明也觉得是个不错的配对。只是会朝哪个方向发展，要看他们自己的造化！

简天明出院后，虽然他一再坚称自己没事，简爸简妈还是不放心，马上订了机票飞过来。苏林玲心里说，这时候不是给我添乱？可是他们来一直是简天明的期待，阻止也不合适。

再见到简爸，苏林玲终于有些理解简妈，这场病对简爸的影响真的很大，仿佛一棵大树，一瞬间就掉光了叶子枯萎。苏林玲看着不免心酸。好在简爸的变化是身体上的，精神上很好，一点也不糊涂。简妈就不一样，她的精神已经开始糊涂，做事丢三落四不说，仿佛是只受惊的小兔，那根弦时时绷着。十分依赖苏林玲，或许在她的概念里，只有苏林玲是完好的。

除了煲汤——因为用慢炖锅，就是忘了放水，也应该烧不起来——别的家务苏林玲是不敢让简妈沾手。苏林玲上班还好，要是在家，五分钟看不到她，简妈就会去找。她还经常跑到苏林玲的衣帽间自言自语，一会把那里当商店，自己去买衣服，一会又指责苏林玲："买这么多衣服，这些钱难道是风吹来的？"

苏林玲开始担心简妈有老年痴呆的前兆，简天明也吓了一跳："不会吧？阿妈只不过被我和阿爸吓到。"

"我看到网上描述的症状有些像，过段没有这么忙，给她约个专科医生检查一下，不是我们也放心，要是早发现总比晚好。"苏林玲忧心忡忡。

还好老上的岳父母一直帮忙，老板娘也经常给他们送饭菜来，不然苏林玲还真不知如何对付，家里两个孩子，三个需要照看的大人。自己还要上班，公事上波波折折，苏林玲力不从心，想着自己也老了，以前事情再多再忙，也没有像现在压力这么大，精力不够用。

转眼就快端午节，简天明恢复得七七八八，简爸来了美国，大约心定了，桑蒂推荐了一个很好的康复师，简爸进步非常大，不注意观察都发现不了他和犯病前的区别。简妈虽然偶尔依然犯糊涂，但是因为小辈对她也没有要求，她也没有什么压力，加上每天老上的岳父母都会过来约在一起散步聊天，日子也觉得过得舒畅。

端午节那天，苏林玲请老上一家，把以前的邻居博士一家也请来，想着让简妈高兴些。博士一家什么都没有变，女博士甚至连发型都还是当年的，男博士就更不用说，依然拎了一个西瓜来，他们家唯一有变化的就是儿子长大了。男博士近两年调到国家实验室去工作，立马觉得自己的身价高了好多，他们也在这片区买了房子。本来还想炫耀一下，看到苏林玲他们又换了带游泳池的房子，苏林玲还当上总监，女博士只得把话又吞回去。'

简妈还记得因为女博士，苏林玲和她平添了几次吵架，所以再见女博士，只是打了一声招呼就走开，把苏林玲的苦心浪费。女博士只得和苏林玲聊，看着忙得团团转的苏林玲说：“你可真行，里里外外一把手。”

苏林玲正算计着那鸭子煮了几分钟，没接茬。男博士在一旁接道：“就是，就是，当时我们三家住一块那阵，最穷的是你家，你看现在过得最好的也是你家，就是因为你能干。”

苏林玲指挥着简天明把要烧烤的原料端出去，一边接话：“我哪有你们的太太能干，一个是博士，还有老上嫂子，网店生意可红火，我都想着辞职不干，给她当司机。”

女博士一听，越加不忿起来：“当初，我们读书时一定要学习成绩好的才可以学生化，现在最不值钱的就我们学生化的，干的是体力活，拿的是低工资，想想真对不起我多年的学费。”

简天明听到女博士那祥林嫂般的抱怨，悄悄地捅了苏林玲一下：“你干吗又去刺激人家。”

苏林玲笑着躲进后院：“不关我事，是万恶的美帝国主义造成的。”

院子里简爸简妈和老上岳父母正开心地聊着天，孩子们荡着秋千。苏林玲把虾串好放到烤炉上，她眯起眼睛看了看西沉的太阳，岁月静好就应该是这样子的吧。人生或许还有很多的未知数，但此时此刻的苏林玲很满足很幸福。

第44章

虽然苏林玲有估计到原材料换成进口的麻烦会多很多，但是没有预料到的事情还是时有发生。赣州厂长自己拿不来也不敢拿主意，就往上汇报。国内的海关事宜远比国外的复杂得多，苏林玲焦头烂额。连续好些天没有回家吃晚饭。这天还在加班，桑蒂突然敲门，拿着两条连衣裙：“我有个约会，你看哪条好看？”

苏林玲扫了一眼：“我喜欢素色的，你适合那条花的。”

“你是说我太花枝招展？”

“没有，我是说我自己太沉闷，今天怎么这么有心情？”苏林玲有些奇怪。

“没听见我说有约会？”

“和谁？”

“男朋友，没来得及和你说，我现在是快乐的单身贵族！”

苏林玲一愣：“快乐已经让人很羡慕了，还贵族？”

“是啊，我也意外，遵照我们的离婚协议，结果我分到七十万，我就在公司附近买了个排屋，全付清，还剩十几万。你说我是不是贵族?

“恭喜恭喜。”

“同喜同喜，等我新居入伙，请你们全家来玩，不行我得快点，才刚开始不可以给别人一个不好印象。”

“快去快去，祝你好运！”

桑蒂风似的不见了人影。留下苏林玲独自发愣，那七十万，不知是他们财产的几分之几，二十几年，人生中最美丽的年华。不过事已至此，人和情都没了，钱又有何意义？桑蒂此时的放手是理智和聪明的，对彼此都是种解脱，苏林玲想起自己忘了说：她真的很喜欢桑蒂现在的样子。她也很佩服桑蒂的洒脱，这份洒脱给自己和别人都放了一条美好的生路。

早上起来苏林玲觉得自己是病了，连眼睛都睁不开，头痛得要裂了。家里一点声音也没有，估计简天明带孩子上学，简爸简妈应该散步去了。她挣扎着下楼量了一下体温，吓了一跳四十一度，赶紧吃退烧药。感觉应该是这段时间太辛苦，抵抗力下降，病毒就乘虚而入。

简爸简妈回来看到她好奇怪：“今天不用上班？”

“好像有些感冒，我请假了。”

“那赶快躺着休息，让你妈熬点粥给你喝。”简爸关心地说。

“没事，我不饿，妈照顾好你就行。”苏林玲说着回楼上去。

过了一会儿，简妈跟着上来：“阿玲，你要是把感冒传给大家怎么得了？你看你爸和阿明才刚刚好一点。”

“好，我离他们远点，今晚我睡客房。”苏林玲没有想其他。

“这样啊，这样好点。”简妈喃喃自语，“还是不行，你要是在家里到处都是病毒。”

“那怎么办？”苏林玲给简妈说得不知所措。

“要不，你搬出去住几天，等感冒好了再回来。”

旅馆的服务员拿着苏林玲的驾驶执照在电脑上做着登记，忍不住打量着苏林玲，住这么近还来住旅店，发生什么事情？苏林玲看出来她的心思，笑道：“我感冒，婆婆怕我传染给其他人，让我搬出来住几天。”

“真的，你婆婆这么厉害？太过分，那你老公呢？”服务员大跌眼镜。

“他不在家。”苏林玲说得若无其事。

“真是的，生病，家人不是应该好好照顾？怎么可以这样？”服务员无限同情地看着苏林玲，“有需要告诉我，要不要帮你约医生？”

苏林玲笑着谢过：“我已经吃了药，或者明天就好。”

苏林玲晕头转向地睡着，床头的电话一直在响。她也懒得去听，旅店怎么可能有人找她，但电话坚持不懈地响，她只好拿起，是前台：“你老公找过来了，我要征得你的同意才可以告诉他你住在哪间房。”

“谢谢，你让他听电话。”

“阿玲，你怎样？”听筒里传来简天明急切的声音。

“我没事，你怎么来了？”

“阿爸打电话，让我来找你，说阿妈把你赶出去了，你的电话也打不通，我周围的旅店一家一家找，这家前面看到你的车。”简天明倒豆子似的。

“哦，我手机可能是没电，阿妈没有赶我，她是怕我把感冒传给你们。”苏林玲依然很平静。

“阿爸说让我接你回家，你告诉我你住那间，我过来。”

“不用，我等好了再回去，你叫他们别担心。”

“那我可以看看你吗？”

“不行，万一你传上感冒我就白费工夫。”

“老婆，真的对不起！”简天明的声音里带着哭腔。

苏林玲说没关系没事，她说的是真话，她发现自己一点也不生气，她甚至觉得自己应该表现出有点生气，不然怎么对得起简天明这么焦急地寻找自己，而且估计简天明也受了前台的不少白眼，不生气似乎也对不住年迈简爸的担心。可是自己就是不生气。当苏林玲明白简妈的意思后，她只是觉得很诧异和不可理解，她尝试把自己摆进那个位置，依然觉得自己不可能有同样的做法。但是这并不影响她很平静地接受和尊重简妈的意见。

二十年前的苏林玲，应该会为这事和简天明闹离婚，十年前的苏林玲至少会和简妈大吵一架，可是现在的苏林玲心平气和，没有一丝受伤害和受排斥的感觉。苏林玲觉得自己现在对简妈感情上和自己的妈没有区别，理智上把她当孩子。想想宝宝和贝贝还不是经常会有一些莫名其妙的想法，简天明和自己不也是无条件支持？那么简妈这出发点其实还算不错的举动自己支持又何妨？

苏林玲住了四天旅店，精神好的时候瞅着有空还在周围的购物中心狂购一番。等她回到家，简妈激动得拽着她不放："你终于回来，你爸说如果你有什么事，要跟我拼老命。结婚这么多年，第一次这样和我说话。"

"爸跟你开玩笑！"苏林玲安慰她。

"回来就好，回来就好，以后不管什么病都不要出去，别理你妈说什么，我们是一家人。"简爸也十分激动。

苏林玲分发着给大家买的衣服。贝贝拿着自己的新裙子："妈妈，我好喜欢这新裙子，妈妈，你什么时候再生病？"惹得大家狂笑。苏林玲的一场感冒，浪费了不少银子，但大家的感情似乎还进了一步。花钱若能增进感情，实在是怎么花都值得。

公司的产品在国内的销售越来越好，尤其让苏林玲想不到是装饰首饰的销量，看来国人的审美也越来越国际化，穿着打扮中西的分别没有以前那么明显。以前觉得美国这的衣服在设计上比较粗线条，不及亚洲注意细节。现在看来和自己相同观点的并不多。不过她也得意和庆幸和她观点相似的不多。

苏林玲似乎天生做财务很有一套，管起销售来却不那么给力。加上赣州厂长以前也是只管生产，虽然新开销售部门，也招罗到一批有销售经验的人员，对苏林玲和赣州厂长而言，还是大家一起摸索着前进。尤其这国内的销售猫腻极多，苏林玲觉得有些难以驾驭。现在很多代理找上门，提的条件五花八门，这还不涉及到公司的背景问题。苏林玲虽然没有和代理商打交道的经验，但是直觉也知道，有实力好的代理商不仅可以让产品的销售更上一层楼，还可以减免自己这边好多的繁琐事情。这是公司销售再上一层楼很关键的一步。

苏林玲挑选了几家她觉得很不错的代理商的建议书翻译过来，征求美国这边销售经理的意见。销售经理还没有看完就给退回来：这真的好有中国特色，他没有办法给到任何的实质意见和建议。

苏林玲真傻了眼，经过和迈克的几番探讨，他们还是决定先尝试着把华东地区的代理权放出去。进一步说华东地区涵盖了上海和江浙一带，可以说是时尚的领头者，其销量不容小觑。如果成功，可以复制相同的模式再放出其他地区。退一步讲，万一有什么差池，自己手上还有华北和华南地区两张王牌，华北的京津一带，华南的广州深圳也绝对可以作为东山再起的基地。

第45章

苏林玲又得回国出差，这次不如以前那么放心，家里老的老小的小，简天明的伤势也才恢复不久。苏林玲的心七上八下，她和简天明商量："或者我该换一份轻松点的工作，多些时间在家里。这份工虽然赚得多，可是陪进去的时间和精力也实在是太多。把国内的房子卖掉，套些现金出来付这边的房贷，可以不用那么辛苦，找份悠闲点的工作，收入虽不多，但是至少可以兼顾家庭也是不错。"

"你自己拿主意。"简天明态度一如既往。

前不久简天明还有个去国家实验室升职加薪的工作机会，可他毫不犹豫放弃，说那样多不了几个钱，每天花在路上的时间要长很多，上班也紧张得多，家里现在的情况还是继续留学校这边好些。苏林玲虽然有些惋惜，也没有更好的办法。简天明是大鹏可以飞得更高，或者因为自己定错了位，反倒拉他的后腿。这样一想让苏林玲很不安。可目前的情况也只有走一步看一步。对家里的事情详细地做了一个安排，对着老上和老板娘一家千万个拜托，苏林玲揣着二十万个不放心地回国。

苏林玲回中国后细细地审查了一下赣州这边的工作，的确进行得有条不紊，赣州厂长功不可没。她约见了厂长推荐的几家代理见面，之后思路却没有更清晰，反倒混乱。各家代理给的优惠五花八门，让苏林玲眼花缭乱。苏林玲尝试远程请示迈克，老头本来就属于用人不疑，疑人不用型，说：“不是你回中国前我们就商量和研究好，最后确定哪家由你决定？！怎么没了信心？”

苏林玲暗自笑自己魄力不够，思前想后最后还是挑了厂长和销售经理一起推荐的那家。虽然给的条件不是最优惠，但是按赣州销售经理的话：“咱不需要最好的，咱需要的是最适合自己的。”

签合同是在饭局上，苏林玲，赣州厂长，销售经理，负责洽谈的业务员，还有秘书，一大帮人都去了，对方也是呼啦啦来了一大串人。其中竟然见到以前的东莞厂长，他比以前发福，冲到苏林玲面前，一把抓住她不放：“苏总监，我们山水又相逢，不晓得苏总贵人是否还记得我？”

苏林玲有些发愣，心里闪过一丝不安。不过赣州厂长在边上介绍说东莞厂长目前只是普通的销售人员，不占任何权力位置。苏林玲放下疑惑，想自己这边也是连和销售无关的人都过来吃饭，对方多来了一个无关紧要的人也正常。国内的饭局不就是这样，自己是越来越跟不上时代的脚步。

苏林玲光看人就看得头晕眼花，饭桌上更是不知怎样应对。三分钟可以签完的合同，在觥筹交错之间愣是花了三个多小时。别人在把酒言欢，苏林玲却吃着吃着都要睡着，她一直在想回纽约得和迈克商量商量，自己还是管回财务比较合适，她这个销售总监，感觉是个扯线公仔，根本控制不了什么，很多的决定都是大家做好，等她点头而已，她从没有拿出见解和魄力，这让苏林玲很不安。

这顿漫长的饭局终于在觥筹交错中结束，满满一桌子的剩菜和空酒瓶让在国外生活太久的苏林玲老是有错误的感觉这是朋友在吃饭，不是在谈公事。还有人提议下半场先去泡脚再唱歌，苏林玲直言拒绝，明天要赶飞机，还得回去收拾行李。

大家有些未尽兴，但还是尊重她的意见，临走对方小业务员当着大家面递给苏林玲一个包装好的礼物盒："苏总监，给您孩子买的中文卡通CD。"

"想得好周到，谢谢，真不愧是做业务的。"这个小礼物真是买到苏林玲心坎上，虽然很意外，但她毫不犹豫地收下。

回到酒店，和宝宝贝贝视频的时候，苏林玲拿出来给他们看，宝宝贝贝这段因为天天和爷爷奶奶一起看中文电视，中文突飞猛进，也喜欢上中文的卡通片。

"是《大耳朵图图》吗？"宝宝问。

"我要《喜羊羊》。"贝贝也着急。

"我来拆开看看是什么，妈妈也不知道。"苏林玲边说边打开了包装，里面是码得整整齐齐的一叠叠人民币。苏林玲晕了，这是怎么回事？她迅速断了和孩子的视频，拨了厂长的电话，电话已经关机。她又打小秘书的电话。

“他要是关机了，我也找不着他。您找他有急事？”小秘书按捺不住好奇，苏林玲这样的电话她是第一次接到。

苏林玲有些迟疑，不知该不该对她说：“我只是想说一下今天礼物盒的事情。”

“这个呀，玲姐您不会真的认为那是CD碟吧，傻子都知道那里面是什么！”小秘书恍然大悟也毫不在意。

苏林玲感到自己的脊背一阵一阵发凉，她尽量快速地呼气进气让自己保持平静。小秘书还在接着说：“现在干什么都是这样，不然，以他们的条件怎么可能拿到我们的代理。”

苏林玲明白自己陷进去了，不管自己是多么无辜清白，如今也无法证明，这个局也许人家早就设好，而自己却一点没有察觉，主动配合他们走到这一步，再说什么都已晚。原以为自己的事业有了新的飞跃，竖上一个漂亮的里程碑后，她正好能功成身退。却不料是给人推进深谷，自己还浑然不觉。

苏林玲想给迈克打个电话，可美国这边是周六的上午，这个时间迈克是不会听任何公事电话的。可是过了今晚，回到纽约，自己是不是跳进黄河也洗不清？她的头痛得要裂，千万个声音同时在耳边响起。生平第一次苏林玲觉得自己如此孤独无助。

苏林玲躺在床上，傻傻地盯着天花板，不知过了多久，一个念头突然冒出来：辞职，对了——辞职。管它是与非，管别人怎么想怎么认为，明天一早把钱退给赣州厂长，由他去处理，自己惹不起还躲不起？

这个念头一出，苏林玲豁然开朗，辞职了，让自己也轻松一把，这么多年来，一直像套上磨的驴，只知道往前奔，错过了不知多少身边的风景，慢下来，让自己也有机会去享受一下悠闲的人生。自己可以做的事情应该也有很多。或许去接手老板娘的餐馆，或是和老上太太一起做代销，或者找一份清闲一点的工作。

不需要再把自己逼得那么紧了，让一切在缓慢从容中走过，而且家里也实在需要她，医生虽然没有确定简妈就是老年痴呆症，可也明确地指出家人的陪伴对她的情况会有改善和帮助。宝宝贝贝一晃就大了，儿时不再，没有什么比陪着孩子一起享受童年更加重要。简天明也可以多一些时间和精力专注于他的事业。他为这个家一直付出，把事业摆到了第二位，也许真是他们两个换换位置的时候了。最最重要还有自己，苏林玲误入花丛，本来就不是工作野心很大的人，或许应该给自己一个机会，当贤妻良母回归家庭的机会。

可以走的路似乎很多，选择也很多，苏林玲需要时间去慢慢地思量。“今天晚上好好地睡一觉，明天想清楚再做决定。”苏林玲轻声对自己说。